Алвег Спог

ПРОСВЕТЫ

Рассказы

Удивительно, но все еще есть, что вспомнить.

И, в основном, приятное.

Оглавление

Меню

Забытое ощущение

От фонаря

Нетипично

Приготовишка

Осколки незабытого

Как и ожидалось

Сидя рядом

Блик

Фитнес

Патент

С ответным визитом

Звуки музыки

Котелок

Период полураспада

Меню

Я вошёл к нему в офис, когда он уже собирался уходить,

-Что-то срочное? А то я обещал жене, что сегодня обедаем вне дома.

-Да нет, можно и завтра.

-Ну, давай, что там, пока я куртку надеваю.

А, ну да…, в общем…, ну…я решил выйти на пенсию. Начиная с завтрашнего дня.

Он, мой менеджер, перестал надевать куртку и задал совершенно естественный и глупый вопрос,

-Ты что, серьёзно?

-Ага.

Он подошёл к двери, выглянул в пустой коридор, потом подошёл к столу и, глядя на меня, набрал номер,

-Да, я. Еще на работе. Да, все помню и ничего не отменяется. Начинай уже одеваться. Чтобы я не ждал, как обычно. Задержусь минут на пятнадцать. Потом…потом все.

Затем он сел в кресло и,

-Конфликты в группе? Или просто не в настроении сегодня? Ну, насколько я знаю, ты- один из самых неконфликтных, кого я когда-либо видел. Даже не разу за все годы не выпрашивал прибавку к зар-плате. Только честно, без мычания, что не так? Я что-то не так сказал?

Я был готов к этому и спокойно ответил,

-Да нет, никаких конфликтов и по работе проблем нет. Вы же знаете.

Он насторожился,

-Проблемы со здоровьем или дома заваруха нача-лась из -за сверхурочных и месяцев работы в ноч-ную? Причина?

-Да нет причины. Просто решил выйти на пенсию. А чего, уже нельзя если живой?

Мы оба рассмеялись.

-Можно, конечно. Это твоё право. Но, по-моему, тебе еще рано по возрасту.

Я не смог удержаться и вставил старый анекдот насчёт возраста. Это когда две одесситки ругаются, и одна другой кричит, Ты, старая шлюха! На что вторая, с возмущением, А причём тут возраст?! Ко-нечно, в переводе с одесского на местный это много потеряло, но смысл дошёл.

-Ну, а все-таки, какая причина? Если не хочешь го-ворить- то, нет проблем. Могу тебе прямо сказать, что с твоим уходом твоя группа потеряет. Супервайзер знает?

-Нет, вы первый. А ухожу потому, что хотелось бы еще что-то в жизни успеть, пока нет нужды в подгузниках и инвалидной коляске.

Он откинулся в кресле,

-Ну, это я могу понять. Это, думаю, любой поймёт. Но ты понимаешь, что финансово ты очень много теряешь? Я надеюсь, что ты прикинул, сколько ты недополучишь? Подожди, а может дядя наследство оставил? Ну, тогда другое дело!

-Ага, ну, конечно, дядя-миллионер…Знакомая история!

Я посмотрел на него и мы оба рассмеялись, так как один из наших инженеров недавно получил небольшое наследство от дяди. Всего ничего 21 миллион долларов. Что сделал счастливый владелец? В отличии от меня он не бросил работу, но купил почти за один миллион долларов полет на российском истребителе МИГ-29. Полчаса полёта. Зато есть, что вспомнить.

Менеджер бросил взгляд на часы,

-Ладно, поговорим об этом еще. Но ты сможешь выйти на пенсию не раньше, чем через месяц. Всякие бумажные дела и подобное. Я никому, кроме твоего супера говорить не буду, а в день твоего ухода соберу всю группу и ты им объявишь. У тебя есть какие-нибудь долгосрочные проекты?

-Вроде нет.

-Будем давать небольшие, чтобы мог все подгото-
вить. Так, все. Детали обсудим в другой раз.

Через месяц я вышел на пенсию. Конечно, я понятия не имел, чем буду заниматься. Но что я точно
знал, что, во-первых, я будут делать то, чего раньше
не делал. И, во-вторых, то, что буду я делать, ника-
ким образом не связано ни с общим благом вообще,
ни с ростом моего благосостояния, в частности.
Ибо, если за все годы деятельности этого не произошло, то этого и не будет, когда нет деятельности.

Оказалось, что то, чего я не делал или о чем вообще не имел ни малейшего понятия, значительно
больше того, что я мог даже предположить. Ну,
например, математика. Всю жизнь я избегал ее
насколько можно. Мне она была так же нужна, по
выражению Шолом-Алейхема, как невесте прыщи
на лице.

 В книжном магазине, - а они еще тогда существо-
вали,- я с умным видом долго ходил вдоль полок с
научной литературой. Умный вид пропал за ничто,
так как в этом отделе я был один. И тут мне на
глаза попалась толстенная книга, на которую была
большая скидка. Ну, наверное, не без оснований.

Я ее притащил домой и раскрыл на середине. Где я
ее раскрыл- не имело ни малейшего значения, так
как кроме предисловия все выглядело для меня как
Кодекс Хаммурапи в подлиннике. Но, первый блин,
как известно, не из теста. Главное-начать. И я начал
набирать книг.

Как я уже упоминал, областей, в которых я был без
понятия, было много. Поэтому, у меня на столе появились книги по астрофизике, управлению

орбитальными станциями, путешествиями в Гренландию, теории черных дыр, работы Карла Шварцшильда, и поэзия древней Японии. Первый этап, как я его сам определил- накопительство.

Накопил я много. Когда, спустя время, часть накопленного я отнёс за бесплатно в библиотеку, то там поинтересовались, а из библиотеки какого знаменитого учёного это все. На что я, потупив глазки и царапая носком кроссовки пол, сказал, что это моё. То, что сказала пожилая библиотекарша я могу очень приблизительно передать словами, Ну, ни хрена себе! Но это очень приблизительно.

Иногда процесс накопительства принимал немного странные формы. Ну, начнём с того, вот зачем мне понадобилась карты Тихого океана, которые в начале двадцатого века, находились в каждой спасательной шлюпке на борту всех британских кораблей? Я увидел пакет с этими картами на интернетовском аукционе eBay. Этот пакет был взят из лодки где-то в 1915 году. И не открывался с тех пор.

Первоначальная цена была всего пару долларов. Я заинтересовался. Очень вскоре оказалось, что этим же заинтересовалось еще восемнадцать человек. Цены начали расти. Мне стало еще интереснее и я пару раз, вот за просто так, предлагал цены чуть больше. Последствия не заставили себя ждать. Осталось двое, какой-то коллекционер из Ливерпуля и я. До конца аукциона оставалось десять минут. И это время пришлось на моё рабочее.

Чтобы не создавать проблем, я пошёл к своему супервайзеру, объяснил причину и попросил всего пять минут рабочего времени, чтобы закончить процесс. Он разрешил и захотел посмотреть, как это все будет. И вот, остаётся всего полторы минуты до конца аукциона. И тут ливерпулец поднимает цену ровно в два раза больше максимальной. За эту цену, я думаю, можно было б купить всю лодку. Но в 1915 году. Пятьдесят секунд до конца…, тридцать пять... И тут я накидываю еще десять долларов. Моё! Я и мой супервайзер явно услыхали стон и скрип зубов из Ливерпуля за 5260 миль. Другими словами, я бы не отнёс этого коллекционера из Англии к своим друзьям.

Когда я поучил пакет с этими картами, то был очень доволен, что никто не присутствовал, когда я его открывал. Впервые с 1915 года. То есть почти через сто лет. Карты рассыпались у меня в руках в порошок. Мелкий порошок. Но зато полностью аутентичный.

Вообще, процесс накопительства оказался очень затяжным. Я набрал много книг по темам от астрономии до правил судовождения девятнадцатого века, изданный британским адмиралтейством. Надо было поставить точку в этом процессе. Этому очень помогло письмо из банка, где указывалось, что мой финансовый фундамент начинает покрываться трещинами. Я поставил точку, купив "Приключения Незнайки и его друзей".

Следующий этап- это ознакомление. Я ознакомился с приобретёнными книгами в течении двух недель. Ознакомился-означает, что я более внимательно прочитал названия и просмотрел на предмет картинок. Картинок было немного и неинтересные. Не знаю, чего я ждал, но там этого не было.

А вот потом началось самое интересное. Я начал понемногу вчитываться. Порядок был следующий- не более часа на предмет каждый день. Скажем, философия древнего Китая- один час, потом минут двадцать уходит на походы в туалет, вынос мусора и небольшой завтрак. Астрономия Фламмариона – следующий час и потом где-то полчаса- все, что угодно,. И такая канитель- весь световой день. Три раза в неделю- самоистязание под общим названием бег в перегретом даже в январе каньоне.

Я даже не подозревал, насколько я безграмотен. На всякие TV шоу мне и смотреть уже не хотелось. Все это очень напоминало ощущение, когда впер- вые, где-нибудь в пустыне ночью, вдруг видишь бе- лый небосвод. Белый от звезд. Их невозможно даже различить, как отдельности. Почти как туман. Так и здесь. Столько интересного, о чем я вообще не знал. Нет смысла приводить примеры, так как это будет выглядеть, как жонглирование титулами и терминами.

Конечно, за час я мог продвинуться на несколько страниц. Если я не понимал начало, то не было смысла лезть дальше. Но вся прелесть заключалась в том, что никуда спешить не надо, никакие сроки не поджимают, никто не стоит за спиной и подтал- кивает под локоть, мол, давай быстрее, план горит. И вот только тогда и появляется интерес. И понима- ешь, что настоящие книги не пишутся за два дня в программе Word.

И вот откуда-то появился интерес к прикладной ма- тематике. То, что, как уже упоминал, старался обойти по большой дуге что в школе, что в институте. Там это было **надо**, а сейчас- **да как за-хочешь**! Хоть месяц не подходи.

И тут совершенно случайно возникла еще одна притягивающая сила. Это ошибки. Нет, не мои. А автора книги. Случайно нашёл одну, не опечатку, а действительно ошибку. И пошло-поехало!

Меня, как всякого дилетанта, захватил охотничий инстинкт. Типа, а, вот он думает, что он зело умный! Фигушки тебе! Вот одна ошибка, вот еще пять. Не-а, это не опечатки или пропуски. Я набрался наглости, собрал все ошибки по этой книге вместе, и послал емайл в редакцию. Ну, мол, скромный пейзанин, так, случайно обнаружил…Не соблаговолите ли посмотреть…?

Ответ пришёл быстрее, чем я ждал. Да, получили. Вы правы. Это серьёзные ошибки. Автор уведом-лён. И, кстати, не хотите ли, за соответствующую плату быть одним из проверяющих? Резюме мо-жете прислать?

Резюме они одобрили. От работы я отказался. Как почему? Потому что там сроки, потому что там ра-бота. А я уже своё отсидел.

И получалось так, что в течении дня пять-шесть разных книг были рассмотрены. Каждая- не более часа. Конечно, не все было так гладко. Часто бы-вало так, что за неделю дальше первых пару стра-ниц не двигался. Бывало и так, что буквально с пер-вой страницы приходилось идти на интернет и пытаться понять, что значит тот или иной термин. А интернет отсылал от одного источника к другому. Но, самое главное, нет спешки и никто не давит.

И когда, скажем, спустя долгое время, наконец понимаешь, как капитаны парусников лет двести тому могли вывести свои маленькие кораблики в нужную точку через океан- то это приятно. Нужно ли это в быту? Как корове водительские права. Улучшает ли это твой имидж в глазах окружающих? Нет. Потому что нет оправдания твоему объяснению, что это все- *вот просто так!*

Вместо чтения дневников Александра Мидден-дорфа или описания знаменитого опыта Майкельсона-Морли, ну почему бы тебе не пойти на воскресную службу в церковь? Или в синагогу? Там сегодня лектор из твоей страны. Будет рассказывать о жизни там. А я не хочу.

Ведь пенсия, может впервые в жизни, даёт тебе чувство независимости. Говори, что хочешь. Все равно, никто не слушает. Не ходи, куда не хочешь. Особо нигде не ждут. И, главное, делай, что хочешь. За всю жизнь такой свободы никогда не было.

А потом, вечерами, смотришь комедии, где смеются потому, что действительно смешно. А не потому, что через каждое второе слово герои матерятся.

В один из дней, почувствовав зуд в том самом знаменитом месте, быстро собрался и мотанулся на три дня езды в далёкий штат, где в течении нескольких дней ходил по тропам, восхищался потрясающими озёрами и, даже, видел медведя. Но со спины. Правда, до него было около мили по горизонтали и четверть мили по вертикали, но кто тут считает…

А вернувшись домой был приятно удивлён, что квартиру не ограбили.

Устал от поездки? Как лошадь в шахте. Но, значительно позже, рассматривая фотографии тех мест, где побывал, я все время задавал себе вопрос, А действительно ли я там был? И, поглаживая то место на голове, где когда-то были волосы, сам себе отвечал- Да, еще успел.

Все это- как меню в хорошем ресторане, где есть выбор вкусных и изысканных блюд. Где не нажираешься, как вот то, самое, а получаешь удовольствие от комбинации еды и обстановки. Да, дорого, но где все дёшево – спасибо, это мы уже проходили…И самое главное - меню-то составляешь сам.

Наверное, я это и имел в виду, когда сказал своему менеджеру, что хотелось бы еще что-то в жизни успеть, пока нет нужды в подгузниках и инвалидной коляске. Ну-у-у, пока еще вроде нет.

Забытое ощущение

На этом озере полно островков. Одни совсем плоские, другие- горбаты холмами и лесами. Один из плоских островков знаменит на весь мир. На нем выстроена века́ назад деревянная церковь. Выстроена с помощью топора. И это все. Очень впечатляет. Никакие фотографии или описания не смогут дать такого представления об этой уникальной постройке, какое можно получить только если там сам побываешь.

 Конечно, этот принцип относится ко всем достопримечательностям. Я впервые осознал правоту этого принципа, когда посетил мавзолей Ленина. Вид вождя в гробу как-то не вязался в моих школьных мозгах со словами глашатая и главаря…*Ленин и теперь живее всех живых…*Я точно видел, что мой дед в городе Коростышев выглядел намного живее. Но у меня хватило ума не делиться своим впечатлением с посетителями мавзолея.

Про озеро я знал из школьной географии. Про этот самый островок где-то и когда-то слыхал. Так как от моего города до этого места было очень много километров, то я никогда и не ожидал, что когда-нибудь там буду. Тем более, что единственное на страну тёплое море находилось прямо в противоположном направлении.

Но я также не ожидал, что с первого раза сдам экзамен по теории машин и механизмов, ТММ. Недаром это сокращение расшифровывалось, как Там Моя Могила. И в шестой раз отмечая Чудо Сдачи в общежитии я, не с очень трезвых глаз, вдруг согласился участвовать в лыжном походе в те самые места. Эта тема как раз обсуждалась. На вопрос умею ли я стоять на лыжах, я ответил утвердительно. Вопрос о том, могу ли я стоять на ногах тактично не поднимался. В данный момент было очевидно, что нет.

Что меня несколько насторожило, так это то, что мои родители отнеслись к моему предполагаемому отсутствию дома почти месяц с энтузиазмом. Я читал, что ради детей родители готовы на все. А теперь и увидел.

Рядом с общежитием был пункт проката. Там я побывал с нашим командиром, когда он делал заказ. Нам нужно было практически все. Я был единственный городской. У всех остальных основное имущество было дома, за сотни километров. Угрюмая баба мрачно швыряла на прилавок все, что командир заказал. При виде бесформенных, прожжённых на коленях и локтях брезентовых штормовых костюмов я невинно спросил,

-Их чего, с трупов ободрали?

Баба, не отрываясь от швыряния, раздражённо заметила,

-Не нравится-ходи голый!

Выбора не было. В общежитии мы устроили показ мод. Первый приз отошёл ко мне, так как в моем штормовом костюме ширинка приходилась как раз на уровень горла.

К начальной точке нашего лыжного похода мы добирались двое суток и с двумя пересадками. Сейчас очень сложно объяснить романтику ночи в переполненном общем вагоне. Так как мы собирались более трех недель провести вдали от цивилизации и так как дело происходило в феврале, то деньги надо было экономить. Мы сэкономили на билетах. Вместо тринадцати билетов мы взяли четыре. Когда проводница потребовала еще девять, то наш командир, указывая на меня, объявил,

- Он умеет играть на гитаре! Будет играть всю ночь для всего вагона. И для вас тоже. Если не понравится- высадите его в степи!

Сказать, что я умею играть на гитаре, не было преувеличением. Это была явная ложь. Я знал четыре аккорда на семиструнке. Это все. Но в нашем коллективе были девочки тоже. Одна из них, Ленка, безнадёжно нравилась мне. Безнадёжно, потому что ей нравился наш командир, которому нравилась Таня. Только когда я что-то бренчал, то Ленка смотрела на меня не арктическим взором и даже улыбалась.

Ни разу в жизни я не ощущал себя настолько востребованным. Правда, намного позже, бо́льшую востребованность я ощутил со стороны IRS, но это чувство было совсем другое. Во всем вагоне я оказался один с семиструнной гитарой. Но наш хор из двенадцати голосов все время поддерживался еще как минимум полусотней других, так что все было удачно.

 Конечно, не все знали слова, но подхватывали припев и создавалось ощущение полного единодушия и взаимопонимания. Особую любовь аудитории вызывала песня *Облака*, на стихи А. Галича. А на словах *…я сижу в пивной словно лорд, и даже зубы есть у меня…* вагон, почему-то, затихал. Мы чувствовали, что задели что-то такое, чего не понимали еще. Но вскоре я перестал удивляться, когда Облака заказывали еще и еще раз. И да, меня не высадили из вагона. И мы доехали всего за четыре билета.

Несмотря на февраль, снег был мокрый. Он налипал на лыжи и каждые десяток шагов надо было останавливаться и счищать снег. Идти по лыжне друг за другом было невозможно. Вся лыжня мгновенно набухала водой. Поэтому наш командир предложил двигаться по способу гренландских каюров- то есть, веерным способом. Каждый идёт своей лыжней в параллель с другими. Здорово устаёшь, так как каждый прокладывает лыжню себе сам.

И вот где-то на второй день похода впереди замаячил остров, на котором возвышался огромный собор. Летом, когда он отражается в водах озера, то, говорят, все это выглядит, как северный вариант Тадж-Махала. Сейчас же, в феврале, суровый северный ландшафт придает этому собору какую-то совершенно непонятную духовную мощь. Начинаешь чувствовать, что создавали его именно для такого климата и ландшафта.

Мы хорошо походили и внутри и снаружи. Равнодушных не было. А когда увидели, что алтарь украшен гроздьями винограда и это все сделано топором, то поразились еще больше. Ведь виноград в том районе – это как валенки на экваторе. И никакого ощущения примитивной плотницкой работы. Все элементы сделаны из дерева и сработаны просто филигранно. И использовался только топор.

Но в других случаях наши ночёвки проходили на совершенно необитаемых островах. То есть, сейчас они были необитаемые. На таком островке обычно стояло несколько добротно срубленных домов. Двери в каждый дом были прикрыты, но не закрыты на замки. В комнатах стояла покрытая чехлами мебель. На кухне было несколько тарелок и другой утвари. Ничего не было заколочено. Просто не представляешь себе, что кто-то может что-то украсть или сломать.

Естественно, дома промёрзли насквозь. Но, по крайней мере, внутри не было ветра. А ночью на этом озере дул ледяной ветер и мысль о спанье в палатке в голове не задерживалась.

Девочки готовили ужин. Потом начинался трёп, шутки и, конечно, вой под гитару.

Говоришь, чтоб остался я, чтоб опять не скитался я
Чтоб восходы с закатами наблюдал из окна
А мне б дороги далёкие, и маршруты нелёгкие
Да и песня в дороге мне, словно воздух нужна

Чтобы жить километрами, а не квадратными метрами
Холод, дождь, мошкара, жара - не такой уж пустяк!
И чтоб устать от усталости, а не от собственной

старости
И грустить об оставшихся, о себе не грустя

Пусть лесною Венерою пихта лапкой по нервам
бьёт
Не на выставках - на небе изучать колера
И чтоб таёжные запахи, а не комнаты затхлые
И не жизнь в кабаках, рукав прожигать у костра

(Ю. Кукин)

И мы искренне верили, что вот так, как в песне –
вот так и будет. Правда, потом оказалось, что часто
бывает наоборот, типа, Ну, сколько можно торчать
дома? Ну, сделай мне одолжение, не торчи над ду-
шой, иди уже куда-нибудь, ради бога! Но это уже
будет совсем потом.

А пока наступает период так называемой операции
“Три Дуба.” Смысл ее в том, что при отсутствии
элементарных бытовых условий мы должны обеспечить круговую оборону, пока наши девчонки перед
сном должны пойти “помыть руки.” Все прекрасно
понимают, что означает это загадочное “помыть
руки,” но процесс надо обеспечить. Назначается
патруль из шести человек. Они вооружены фонари-
ками и кольями. Это на случай медведя или еще
кого. Девочкам выдаётся пара фонариков и два
складных топора.

Девочки холодно заявляют, что наш идиотский патруль им только мешает и деловито уходят в самую
чащу. Еще долго слышно, как они натыкаются на
поваленные деревья, ломятся сквозь какие-то за-
росли и громко чертыхаются, почему-то поминая
нас всуе. Потом все стихает. Наступает мёртвая

тишина. Стихает даже ветер. На какое-то время скрывается за облаками луна. Как мы не прислушиваемся- ни звука.

Сколько раз мы спорили, а с какой стороны они выйдут. Не угадали ни разу. В одну из таких ночёвок они, как водится, пошли "помыть руки." Мы ждем. Уже продрогли, как цуцики на льдине, а их все нет. Начинаем тревожиться и звать - тут открывается входная дверь. И одна из "помывших руки" громко заявляет, что сколько можно торчать на улице. Мы поняли, что широко рекламируемый лозунг об преодолении различий между мужчиной и женщиной для вхождения в коммунизм, пока еще не реализован. К счастью.

Один островок оказался обитаемым.   Из семи бревенчатых хат только у одной был свет в окне. Хозяйка, седая старушка, приняла нас очень хорошо,

- Ну (улыбаясь) вас уж не так много. Три месяца назад, где-то в октябре, тут проходила геологическая партия. Там было побольше. У меня всего две комнаты. Одна для вас. Так что-располагайтесь.

С первых минут мы почувствовали, что хозяйка не совсем обычная. Во-первых, говорила она очень правильно. Какой-то уже забытый язык, в котором нет ни вульгаризмов ни сленга. Во-вторых, было в ней, в хозяйке, что-то аристократическое. Какое-то внутреннее достоинство, что ли. И нет, она не была закутана в персидскую шаль и на пальцах не красовался перстень с печаткой.

Наши девчонки сразу стали называть ее княгиней. В уважительном смысле, конечно. Вечером, когда мы разбирали рюкзаки, готовясь ко сну, одна из наших,

- Головой надо будет укладываться в ту сторону. Княгиня сказала, что так будет теплее.

Я увидел, что хозяйка улыбнулась, но никак не прокомментировала. Ужин она нам приготовила отменный-оладьи с дивным сиропом.

-А вам здесь не страшно одной? Ведь на острове никого больше нет. Да и до соседей далеко, если что.

-А кого здесь бояться? Живых здесь давно уже нет.

Она замолчала. А потом, улыбнувшись, добавила,

- И диких зверей тоже нет. Да и у меня корова, вон, за стенкой. Она все чувствует. Если опасность какая- она сразу даст мне знать.

-Но если продукты, или еще чего? Как же вы тогда?

-У меня есть маленькая рация-телефон. И раз в неделю мне подвозят, что мне надо. Летом на лодке. Ладно, смотрите, чтобы оладьи не остыли. Надо их есть, пока тёплые.

В неярком свете небольшой лампы я заметил на стене светлые прямоугольники, где, видимо раньше, были фотографии. Стены ничего не украшало.

Утром мы хором пропели хозяйке *Спасибо* и вручили ей на память компас и пачку открыток с видами нашего города. Мы абсолютно не удивились, когда она, слегка улыбнувшись, сказала Merci beaucoup, а потом, улыбнувшись, открыла верхний ящик ветхого комода. Весь ящик был забит компасами разных моделей. По-моему, один был даже морской.

У меня, да наверное не только у меня, чесался язык спросить, а что ее здесь держит. И когда мы уже уходили, я заметил чуть в стороне от дома два малюсеньких потемневших от времени креста. Никаких надписей, никаких оградок, ничего. Два креста.

И как-то сразу вспомнился огромный собор, устремлённый, как коллективная мольба, в северное небо. Мольба о чем-то, что, скорее всего, недоступно. Вообщем, давно забытое ощущение.

От фонаря

В очередной раз раздался телефонный звонок. Очередной означает, что это уже в одиннадцатый раз за час. Мне уже осточертело поднимать трубку, слушать пустоту и, как идиот, повторять, Алло, вас не слышно. Обращаясь к одному из шести моих приятелей сидевших в нашей квартире,

-Слышь, пойди и гавкни чего-нибудь в телефон. Это опять, видно, какой-то придурок развлекается.

-А чего я?

И, подражая одному из героев фильма "Не горюй!",

-Что, людей на улице мало?

-Ну, кто-нибудь ответьте! Меня уже это достало. Трезвонит, не переставая..

Автоответчиков еще не было в помине.

-Так, а что говорить, там же молчат все время!

-Ладно, черт с вами, сам отвечу. И давайте уже выметаться из квартиры. Сегодня воскресенье. Сейчас мои родители придут, а здесь – как заседание малого совнаркома.

Телефон продолжает звонить. С трудом сдерживая поток ругани,

-Алло?

Молчание. И я молчу. И тут мой незаконченный музыкальный слух улавливает еле слышимую музыку. Мелодия популярная, с ключевыми словами “… а это свадьба пела и плясала…” Чертыхнувшись, кладу трубку и мы выходим на улицу.

Годы спустя, когда наша семья попала в “отказ,” я вспоминал эти звонки, как цветы на полянке. Ибо, чтобы показать нам, как же мы неправы, предавая свою родину и меняя ее на колбасу и туалетную бумагу, простые граждане начали нам звонить по ночам. Вернее, очень ранним утром. То есть, гдето около двух часов ночи.

 Отключить телефон возможности не было. У нас он намертво соединялся с общей телефонной линией. Без розетки. Попытки снять трубку, чтобы прекратить это издевательство немедленно фиксировались нашей АТС. Другими словами, телефон вдруг издавал сигнал, типа “ревуна”[1] на подводной лодке, когда она идёт на погружение. И трубка сразу шла на место

 Когда моя мать брала трубку, ей сразу говорили, кто она по национальности. В народной терминологии. Потом следовал профессиональный мат. А потом, что-то типа, Ну чего, золотишко, сволочи уже попрятали? Ничего, скоро вы все попляшете, как…(следует грязный половой термин)…на сковородке.

У матери дрожали руки, начинало болеть сердце. Отец звонил на АТС, там обещали разобраться. На следующую ночь все повторялось. Так два-три дня, потом где-то через неделю. Чтоб неповадно было родину кидать. Эффект был прямо противоположный.

И да, тогда были городские телефонные книги. И, конечно, наша фамилия была там. Каким образом простые граждане из миллиона абонентов находили тех, кто подали документы на выезд из страны – вопрос к ясновидящей. Любой.

Голоса были какие-то очень старческие, хриплые, мужские и женские. По площадной ругани женские голоса превосходили мужские. По громкости и истеричной злобе тоже. Но зато трубка не молчала, как сейчас.

-Слушайте, пацаны, там музыка фоном идёт.

Музыка идёт откуда трезвонят?

-Ага. Скорее всего, какой-то девице делать нефиг. И сразу, у меня таких знакомых нет.

Вполне логичный вопрос,

-А почему именно девица? Мало других выродков? Кто угодно может вые..ваться.

Выкладываю козырь,

-Да потому, что музыка-то про свадьбу. Знаешь, ну, вот эта “.а это свадьба, свадьба, свадьба…” Много знаешь мужиков, которые в воскресенье будут это слушать?

И тут момент истины,

-Так это, скорее всего, и есть свадьба. Найдем, какая тварь звонила.

-Ты чего, собираешься весь город прослушать?

-Да нет, конечно. Прошвырнёмся вверх по нашему Бродвею пару-тройку кварталов. И вниз. Если не найдём- идём в кафе "Пингвин." Как, кто будет платить? Я откуда знаю? Но не я-это точно. Я-пострадавшая сторона.

-А если найдём?

-Я все равно-пострадавшая сторона. Предлагаю кафе "Пингвин." Оно недавно открылось. Или-в "Русский Чай." Там, правда, под вечер местные алики[2] гуртуются, но, посмотрим. Ну чо, двинули?

Конечно, я понимал, что ни черта мы не найдём. Но не стоять же под домом до вечера.

Прошли немного вверх, повернули и пошли вниз по улице. Был август, жара, окна открытые. Не район, а музыкальная шкатулка. Пугачёва, Радмила Караклаич, Карел Готт, Вольдемар Матушка, Анна Герман, Дэн Спотару, Beach Boys, Доменико Модунья, Высоцкий, АББА, Beatles, конечно. И все это громко, но не оглушающе. Никто не пытается забить другого децибелами. Забытое чувство. Слушают для удовольствия. Не для демонстрации превосходства одной эрзац-культуры над другой.

Все, ни черта не нашли. Уже собираемся поворачивать обратно, когда один из нас, самый ушастый, вдруг,

- Та вот, вроде оно!

Большое, многоэтажное здание, так называемый "сталинский ампир," с огромным внутренним двором. И вот откуда -то оттуда, из недр, доносится

“Свадьба” в исполнении Магомаева. Определить из какого окна идут эти звуки- нет проблем. Потому, что это не одно окно, а два. Распахнуты настежь. И доносятся из них звуки громкого пиршества.

-Ну, я был прав-это действительно свадьба. Пошли!

-Ты чего, поехал уже? На чужую свадьбу заявиться? Нас же в окна повыкидывают дружки жениха! И это седьмой этаж!

-Все учтено могучим ураганом! Мы просто заскочили поздравить молодых. И сразу уйдём. И можем поймём, кому это хочется все время звонить мне домой. В этом доме у меня нет знакомых. Одна просьба ко всем- не пить, если предложат. Так, пригубить и все. А иначе не выйдем оттуда. Поехали!

Уже на первом этаже было слышно, что свадьба на седьмом. А с третьего этажа уже стало и видно. Здоровые парни, явно не городского разлива, стояли на лестнице, сидели на ступеньках и взгляды, которые они на нас бросали ничего не имели общего ни с одной из христианских доктрин.

Дверь в квартиру нараспашку. Судя по всему, главная часть свадьбы уже прошла. За столом жених с невестой, несколько родственников и человек пять просто так. Ибо подняться уже не могут. Я (как массовик-затейник),

-Здравствуйте, еще раз ! (ага, вот так и сказал!). Просто заскочили на минутку поздравить молодых.

И следом выдаю самое лучшее и самое короткое свадебное поздравление, которое когда-либо слыхал,

-Молодые! Соединил вас бог! Да не разъединят вас люди!

Тут меня кто-то слегка хлопнул по плечу. Чуть повернул голову и прямо перед собой увидел налитый под кромку стакан. Самогон преподнесла средних лет упитанная дама, со слегка осоловевшим взглядом и чуть приторной улыбкой.

- За здоровье молодых! Давай, я ее тётка. Говорю - можно пить!

Скосив глаза на своих друзей я увидел, что они уже сидят за столом и деловито потребляют домашнее сало.

-Не упивайтесь,-прошипел я. Слегка пригубил пахнувший силосной башней, коровником, и свежим бурячком напиток. Дама успокоилась и снова погрузилась в стул. Я закусил отличным домашним салом, маринованными помидорчиками и двумя ломтями какого-то очень домашнего хлеба.

Окинув орлиным оком комнату я увидел в углу группу девчонок, человек шесть. Поскольку я пригубил, а не выпил стакан самогона, то еще мог соображать. Я встал из-за стола, мимоходом напомнил своим друзьям, что надо сматываться прямо сейчас и направился к стене, возле которой столпились девчонки. Проходя мимо шепчущихся и хихикающих особ я так, как бы между прочим, заметил, Когда звонишь по телефону, то принято говорить, а не молчать в трубку. И, бросив взгляд на эту группу, сразу заметил, что одна опустила голову.

 Сразу пришло на память, *Вы мне писали, не отпирайтесь!*[5]

 Процитировал вслух. Она пошла пятнами. И тут, стоящая рядом, умная,

- С чего это она тебе будет писать? Ну, позвонила.

Я увидел, что мои друзья уже потянулись к выходу. Я потянулся вслед за ними, и тут вот та самая умная, вдруг,

-Вы, ребята, уже уходите?

-Да.

-Вы не могли бы нас проводить до остановки, а то мы здесь мало кого знаем.

-А эти быки, что в подъезде, это разве…

-Да нет, это с его, жениха, стороны.

-Ну, давайте, идите на улицу и нас подождите. Проводим.

Я хотел добавить, что если будем живы. Потому что в подъезде нас уже ждали. Полупьяные приятели жениха хотели резко и индивидуально выяснить, а какого черта мы пришли. По сути, они были правы. Шансов выйти отсюда без ущемлённого “Я” не было.

Я видел, что уже нескольких моих друзей тормознули, но пока все идет на уровне разговора.

-Эй, ты чего сюда, за нашими девками зашел?-это ко мне. Здоровый лоб, я ему- чуть выше подмышек.

- Та нет, вот поздравили жениха с невестой и уходим.

- А чего бабы ушли? С вами, что-ли?

-Та откуда я знаю. Нам своих хватит. Еще здесь брать, ты чего?

Ладушки, дать в зубы, чтобы дым пошел?[3]

Я понял сразу, что негативный ответ окажет негативное влияние на мое здоровье. И на здоровье моих друзей тоже.

-Да.

Он вытащил из бокового кармана открытую пачку "Шипки," щёлкнул ногтем и из пачки высунулись две сигареты. Одна чуть выше другой. Я взял одну и подождал, пока он закурил свою. А вот потом это и произошло. Причём настолько естественно, что только позже я понял, как это точно отработано.

Он протянул мне свою зажжённую сигарету, чтобы я мог прикурить. Я потянулся к его сигарете, а он очень медленно и едва заметно слегка опустил руку с сигаретой вниз. Инстинктивно я потянулся следом, слегка наклонившись. Процесс повторился несколько раз, пока я, в конце концов, почти склонился ему до пояса. Со стороны- полная иллюзия, что я ему поклонился. Это известный блатной метод унизить собеседника. Так, показать ему, собеседнику, его место у параши.

Я знал это, но на себе почувствовал первый раз. Сделано было мастерски.

-В общем, вали со своими Мойшами отсюда, пока я добрый. Везде вы, суки, пролезете!

Я оглянулся и увидел, что никто никого еще не бьёт. Глянул вверх на эту ухмыляющуюся рожу, на шею в двух жирных складках, на здоровенную мя- систую ладонь, которой он поглаживал своё брюхо. И я, что абсолютно не свойственно мне, вдруг по- чувствовал дикую злобу. Я тогда еще не читал "Сказание о погроме," Н. Бялика. Но тут, наверное, в работе уже генетическая память всех замордованных такими лабазниками.

Стараясь не спровоцировать мгновенный удар в морду,

-Слышь, вы откуда?

-А тебе не все равно? Хиляй отсюда, шнырек![4]

-Без разницы. Просто интересно. Вот все мы- отсюда, из центра. Да, твои битюги могут нас сейчас вот здесь размазать по ступенькам. Но вы с этого подъезда не выйдите. А ваши вот эти буряковые посиделки разнесут по всему двору. Вместе с невестой. Даже если один из нас отсюда выползет- вам шайбец!

-Глаза уже можно открыть? А то такая страхота берет! Суслик, ты чего лапками трусишь?

-Мы проходили мимо, услыхали, что свадьба, быстро поздравили молодых и уходим. Вы хотите проблему- ее получите. Мало не будет. Так, для справки, здесь в центре не терпят таких как вы, козлодуев с околицы. Как и у вас не терпят городских. Так что, здесь только дай повод погонять таких как ты по огородам.

  Я не начальник. Надо просто сказать вот тем, что у нас здесь на каждом углу торчат. Им нужен

повод …погонять чертей…. А то у них уже кулаки
залежались. И на вашу свадьбу им начихать. Все
испоганят. Мне это не надо. Мы уходим- и все без
проблем. Ничего козырного мы там, наверху, не
сказали. Вот и все.

Он, не говоря ни слова, сплюнул мне под ноги и от-
вернулся. Я, стараясь заглушить стук зубов, про-
шёл мимо нагловато глядящих и ухмыляющихся
друзей жениха и вышел из подъезда.

Мои друзья стояли неподалёку. Где-то шагах в
двадцати, на углу дома стояло несколько девочек.
Они молча присоединились к нашей группе. Мы
довели их до трамвайной остановки, подождали,
пока они сели в трамвай. Трамвай отъехал, мы повернули к центру города и, когда трамвай проезжал
рядом, кто-то негромко сказал из окна, Извини. Я
не посмотрел.

Мы обсуждали закуску, мой идиотский авантюризм,
счастливое избавление от избиения. А потом, как по
команде, остановились. А как вообще можно было
пройти мимо, если с балкона третьего этажа на наш
Бродвей обрушилось "В настроении," Гленна Мил-
лера. Это настолько подходило к ситуации, что не
верилось. Ни рок, ни буги, ни Челентано, ни даже
Жванецкий. И даже не любой Гленн Миллер, а
именно этот, "В настроении."

После "Свадьбы" Магомаева - это было то, что
надо! А вот если бы не эти звонки- ничего б этого
не было. Не было бы этого кайфа от ощущения за-
дора, авантюризма, молодости, всего того, что
даёт эта мелодия. И я пожалел, что не смог сказать

Спасибо той, которая звонила. Аж одиннадцать раз в течении часа. Просто так. От фонаря.

1-сирена, оповещающая экипаж подлодки о погружении. Также может оповещать о других штатных и нештатных ситуациях. Очень специфический звук у этой сирены. Все корабли обычно имеют такого типа сирену.

2 -алкаши.

3- блатное выражение, означающее просто- Дать закурить?

4-в оригинале-книга Муми-Тролль,-один из действующих лиц. В данном случае-доходяга, недомерок. Пренебрежительное обращение.

5 -Ария Онегина из оперы П. Чайковского, “Евгений Онегин”

Нетипично

Я удивился, когда в начале двенадцатого ночи прямо у меня под окнами заплясали огни пожарной машины. Правда, сирены они не включили. Рядом стояли две полицейские машины и встревоженные соседи. Один из полицейских настойчиво стучал в двери квартиры напротив, а пожарники уже ставили лестницу к окну второго этажа.

В квартире жила женщина среднего возраста, которая ничем особым в поведении не отличалась. Каждое утро, где-то в районе шести утра она выгуливала эскимосскую лайку, красивую, как на рекламе. Лайка всегда улыбалась ослепительной улыбкой. Это выгуливание происходило где-то за полночь тоже.

Однажды она мне рассказала, что уехала на празднование Нового Года к друзьям в другой городок и забыла закрыть гараж. И ее удивлению не было предела, когда, вернувшись домой, она нашла в своей квартире двух в балаклавах, которые дотошно осматривали содержимое шкафа в ее спальне. Поскольку при ней была собака,- да, она брала ее с собой на празднование Нового Года,- то черные балаклавы ушли через окно по- английски. То есть, не попрощавшись. И это вообще-то все, что я про эту соседку знал. А зачем больше?

Всезнайка из соседнего квартала всем доверительно и громко, - а это чтобы все слыхали,- объяснил, что этой женщине не могут дозвониться с восьми вечера.

Один из пожарных уже поднялся по приставной лестнице к окну второго этажа, громко постучал в раму, а потом легко вытащил защитную сетку, отодвинул оконную раму и влез в квартиру. При этом он несколько раз крикнул, что это полиция.

Когда уже все были готовы к выносу тела, входная дверь открылась и хозяйка, зевая, и придерживая собаку за ошейник, объяснила, что выпила стаканчик Бурбона и слегка вздремнула.

Пожарники и полиция вскоре уехали, а неудовлетворенные отсутствием драмы соседи разошлись где-то минут через сорок.

Когда похожая ситуация возникла через пару месяцев, то соседи уже не выходили, не обсуждали, а просто смотрели из окон. А смотрели на то, как из той квартире на тележке вывозят в пластиковом мешке тело. Я же, который жил прямо напротив, знал раньше всех, что дело гиблое. Еще до того, как кто-то вызвал полицию. А знал потому, что лайка выла так, как воют люди, когда теряют близкое и родное.

Прошло совсем немного времени и после краткого косметического ремонта в квартиру въехали новые жильцы. Первое впечатление-опять не повезло с соседями. Машина-ободранный пикап. Из мебели-три складные кровати, два огромных в полстены телевизора, и еще какая-то мелочь в виде дивана и пару кресел. Что слегка успокаивало-так это невиданных размеров аквариум, явно сделанный на заказ. И это говорило о том, что новым жильцам ничто человеческое не чуждо. А, ну да, и огромное настенное панно с видом на какое-то дивное горное озеро.

Сами жильцы-трое мужчин. Возраст от сорока до десяти. То есть, отец и два сына. Матерью даже близко не пахло. Нет, это все не значит, что я не спал и следил за ними через замочную скважину. Это все рассказал сам отец. Назвать его общительным-это вообще ничего не сказать. В первый же день он представился всем двадцати квартирам в нашем блоке. Он говорил не громко. Он говорил очень громко. Это не был крик или визг. Это был нормальный по тембру и интонации голос. Но его спокойно можно было б слушать на другой стороне залива. Любого.

Он рассказал всем желающим, то есть всем, кто открыл двери и окна, откуда они, что матери нет, и что одному сыну двадцать лет а другому десять. Это был сухощавый, крепкий, загорелый до синевы мужчина с приветливой улыбкой. Не слащавой, а именно приветливой. И так как я оказался одним из его ближайших соседей, то он пригласил меня посмотреть на его новое жилье,

-Давай, сосед, заходи. Посмотришь, как мы устроились! Как тебя зовут? А, понял. Судя по имени- из России. Я работал с одним. У него такой же акцент, как у тебя. Правда он из Польши.

-Спасибо.

-Ну, вот, это моя маленькая моторка. Иногда вдоль берега катаюсь. Пока держу в гараже. А, ну да, меня зовут Рэнди. А это мой старший сын Майк.

Обращаясь ко мне,

-Вы работаете?

И прежде, чем я ответил, он,

- А я занимаюсь двигателями на океанских яхтах. Да, ремонтирую. Свой бизнес.

А потом, слегка шлёпнув себя по подчистую выбритой голове на которой выделялся чудовищных размеров шрам, добавил,

-Попал в дикое крушение. В реанимации и все такое. Думали, не вытяну. А я все время помнил, что у меня есть Чакки, мой младший. Без меня для него -это конец. Матери нет. Один останется.

-Так а его старший брат все-таки может…

-Та ни черта он не может. Пустое место. Ничего не хочет делать. Целые дни – видеоигры. Даже к зубному врачу не могу заставить его пойти. Нет, он не всегда таким был. С матерью не повезло.

Он замолчал.

Тут уже я удивился,

-Так вы же говорили, что ему двадцать…

-Та хоть семьдесят. Все без толку.

Мы оба помолчали.

-Ладно, проходи в комнату.

В комнате был полумрак, прохладно, синевато светился во всю стену аквариум. Я, указывая на аквариум,

- Великолепная вещь! Я вообще таких больших в домах не видел.

Он, оживившись,

- Вот когда придавит все вокруг, такая безнадёга, что ничего уже не хочется – сажусь и смотрю на этот аквариум и, знаешь, здорово успокаивает. И я…

Подошел худенький мальчик.

- А, вот и Чакки! Познакомьтесь, Чакки, это наш сосед напротив..

-Я видел его. Он часто ходит вечером на балконе. А можно мне ему показать мои рисунки? Хотите посмотреть?

-Конечно, Чакки!

Чакки побежал на второй этаж за рисунками а Рэнди, обращаясь ко мне,

-Он дико волновался, когда я был в реанимации.. А мне там чего-то резали, удаляли, пришивали. Я уже и знать не хотел. Какая, к черту, разница! У меня вообще потом пропал голос, а когда как-то восстановили, то стал, как труба. Люди шарахаются. А я просто говорю. Да, и у Чакки аутизм, три раза в неделю ходит на специальные занятия.

Появился Чакки с двумя альбомами,

-Я сейчас вам покажу, что я нарисовал недавно.

Пока он перелистывал страницы, я заметил, как Рэнди смотрел на своего сынишку. Не знаю, как бы я это назвал. Нет такого термина. Но такой взгляд я, скорее всего, никогда не встречал. Это было сострадание, обожание, какая-то горечь, и…

-Вот, смотрите отсюда,

Чакки дал мне в руки альбом. Рисунки были в карандаше, хорошие. Герои мультиков и какие-то маленькие животные.

- Здорово, Чакки! Мне очень понравилось.

Он заулыбался. Мы еще немного пообщались и, уже перед уходом, я спросил,

-Чакки, а какие конфеты ты любишь?

Он засмущался, за него ответил отец. Я еще раз поблагодарил Чакки за его рисунки и мы распрощались.

 Старший сын почти неотрывно сидел у компьютера. За несколько недель я видел его на улице раза два. Минут по пятнадцать. Среднего роста, худой, лицо приятное, взгляд рассеянный. И да, был он немного странный. Будто он живет в другом мире, а сюда заходит иногда. Если уж очень надо. Один раз я рассказал ему про то, что случилось со мной в одной из поездок. Посмеялись оба. Обмениваемся приветствиями при встрече. Ну, а что еще соседи должны делать? Ходить под ручку?

Наступили летние времена. Рано утром Рэнди, как я узнал от него позже, брал Чакки с собой на работу в марину[1].

- Он, что, там играется на пляже, пока вы работаете?

-Нет, помогает мне. Учу понемногу. Уже знает, где парус, а где движок.

Он рассмеялся. А потом, с гордостью,

 -Уже паять научился. Сам пару контактов припаял. Я проверил- все правильно!

 Ни на минуту не оставлял он Чакки без присмотра, хотя Чакки, как я это видел, был полностью самостоятелен. После работы каждый день он вез сына или в развлекательный центр, или в бассейн, или на встречи с другими детьми.

Конечно же, я не следил за ними. Но то, что я видел, напоминало служение высшему существу. Я бы даже сказал, что это б походило на жертвенность, если бы не… Если бы я не видел, что Рэнди это делает с истинным удовольствием. Не как медсестра, которая с улыбкой выносит из-под больного продукты жизнедеятельности.

 И что меня еще удивляло, так это то, что Чакки относился к отцу так, как, наверное, бывает только в кино. Как к сверстнику, весёлому, понимающего все, поддерживающего. И, в то же самое время, сверстнику сильному, надёжному, который никогда не оставит тебя.

И мне вспомнилось, что мне рассказывал знакомый врач-акушер. Он видел молодых матерей, которые сразу после рождения ребёнка, решали отказаться от него. И, чтобы не привыкать к дитю в период кормления, они просто выдавливали молоко на стену в палате.

-Но они же могли это сцеживать для других детей! Это же материнское молоко, не солидол. Даже звери так не делают!

Мой знакомый врач, глядя куда-то в угол, сухо заметил,

- Это лучше, чем оставлять живого детеныша в мусорном баке или запихивать в унитаз.

-Чего? Запихи…

-Ладно, давай лучше насчёт отпусков. Ты был в Португалии?

 Мне пришлось хорошо поискать те конфеты, которые любил Чакки. Они были не дорогие, но очень популярные. И когда я ему преподнёс аж несколько пачек, Чакки сказал *Спасибо*, а потом буквально на секунду глянул на меня так, как, наверное, он все время смотрел на своего отца. И я понял, что есть нечто, которое ни под какие термины не подходит, которое стоит выше всего этого. То, что является, наверное, высшей наградой один человек может дать другому. Это нечто, совсем необъяснимое, которому название еще не придумали. К счастью.

[1]-гавань для прогулочных катеров и яхт.

Приготовишка.

На вокзал пришли многие. Многие из тех, с кем я часто общался. Пришли, чтобы проводить меня в мою первую командировку на монтаж. Аж на пару месяцев вдаль от родительского дома. А "вдаль" означает ночь езды на поезде.

Всего совсем недавно я окончил институт. Кто сказал, с отличием? Нет, я был нормальным студентом, хотя и не жил в общежитии. Вопрос о распределении на работу вообще не поднимался. Мой отец, в день, когда обсуждался вопрос, а в какие вузы меня не примут, произнёс,

-Монтаж-школа жизни!

Естественно, моя мама сразу парировала,

-Тюрьма-тоже школа жизни! Или ты хочешь, чтобы твой сын как Максим Горький таскал на своём горбу круизные лайнеры вдоль Одессы? Или как Веня Дымшиц, это у которого папа Эммануил, стал министром при Косыгине?

На что мой отец ответил кратко и внятно,

-Министром? Не дай бог.

И я попал на монтаж турбин.

На вокзале мне надавали кучу советов. Как родители, так и друзья. Ну, родительские советы предсказуемые. Главное-не забывай про письма! И каждые три дня.

 А вот советы друзей почему-то носили слегка выраженный сексуальный характер. Ну, например, что-то типа, не делись с замужними женщинами подробностями из жизни в детском саду. Не говори с ними о работе. Не угощай их сырниками в сметане. Не передавай их мужьям привет. И не дари их детям подарки.

 А, ну да, и самый главный совет, держись как можно дальше от незамужних. Весь опыт этих советчиков был основан на рассказах Мопассана.

Кто и зачем сунул мне в сумку классику сталинских времён о воспитании детей в семье, - понятия не имею. А когда я обнаружил, что гигиенический набор: зубная паста, мыло “Хозяйственное,” щётка, расчёска, и, почему-то, порошок от тараканов, был завернут в плакат об опасности внебрачных связей, то я понял, что только друзья способны на это.

Довольно быстро я вписался в работу. Я просто подражал своему старшому. Он ходил медленно, ни кому не заглядывал под руку, говорил мало, веско, и так начальственно, что никаких сомнений в его авторитете не было. Я ходил медленно, всем заглядывал под руку, говорил мало (поскольку не знал предмет) и задавал много вопросов. Ну, это понятно- я учился прямо на железе.

Ко мне относились, как к местной достопримечательности. Это началось сразу по приезду, когда ясвежевыловленный инженер по турбинам, - зайдя в машинный зал электростанции, громко спросил:

-А как выглядит турбина в природе?

Когда мне показали, то я совершенно искренне,

- Вот такая здоровая? Ничего себе!

После этих реплик мне прощали все. Но относились хорошо и отвечали на все мои вопросы.   И что-то в мозгах оставалось.

Но повезло мне еще и в том, что все монтажники были опытными, знали свою работу и моё участие в процессе требовало одного - не вмешиваться. Меня это устраивало. Бывали дни, когда ни моему старшому, ни мне вообще можно было не появляться на работе. Если надо- нас найдут.

  В такие дни мы шли на берег великой реки. Там у моего начальника стояла небольшая моторная лодка, типа "Казанка." Мы выходили на фарватер и мне приказывалось "смотреть в оба." Я устраивался на носу и внимательно проглядывал речную даль. В нужный момент я кричал,

- Идёт один!. Можно! Больше никого!

Старшой по должности, буду называть его просто- пан Анатоль, медленным кивком одобрял моё донесение и направлял лодку прямо на цель. А цель - огромная баржа, загруженная под завязку супер- спелыми арбузами. Таких даже на рекламе не уви- дишь. Она везла это сокровище с юга в великий го- род, который был где-то в сорока километрах к северу.

Мы подходили к тому борту, где, несмотря на июль-
скую жару, сидел, закутанный в тулуп, дед с бердан-
кой. Охранял груз от пиратов. Пан Анатоль негромко но очень звучно командовал,

-На абордаж!.

Мы подходили вплотную к барже, я протягивал
деду рубль и указывал на нужный арбуз. Один из
критериев выбора - чтобы деду не надо было подниматься. Он просто кивал головой, я дотягивался
до арбуза, - а они все, как на подбор,- и мы, раскла-
нявшись, отплывали.

 После этого наша лодка выправлялась на "ста-
рик,"[1] где было огромное количество маленьких
островков, с мягкой и низкой травой, как, наверное,
в Лилипутии. Нож для таких арбузов- это
насмешка. Нужна гильотина. Мы разбивали арбуз
руками и ели это чудо до тех пор, пока только
корки от него не оставались. Правило простое: ничего не оставлять врагу.

Конечно, после такого возлияния ни думать, ни
двигаться возможности не было. Часа два. Тишина,
тихий плеск воды, ветерок отгоняющий комаров, и
ощущение полного Ренессанса в животе. Это после
мрачного средневековья рабочей столовки.

Я и пан Анатоль жили в одной комнате, которую
арендовал наш завод. Кроме двух кроватей другой
мебели не было. Из удобств- туалет при входе.
Душ-это уже на работе. Каждое утро пан Анатоль,
которому очень бы подошел титул *святой отец*,
звучным басом рокотал,

- Сын мой! Не согрешил ли ты в мыслях?

На что я, по традиции, отвечал,

- Не смог, святой отец! К ней соседка зашла за солью.

-Да, мой сын, у дьявола есть много ипостасей. Ну, пора совершить омовение и отравиться в нашей столовке. Давай быстрее, добреешься уже дома. Через полтора месяца. Сегодня устанавливаем опоры под подшипники по бор-штанге. Надо явить им наш светлый облик. Давай живей!

Вскоре пан Анатоль решился доверять мне небольшие задания. А еще вскоре доверился настолько, что оставил весь монтаж на моё попечение. Тем более, что монтаж блока практически завершился.

До пуска блока оставалось совсем немного. И в один из дней меня пригласили отметить окончание монтажа с бригадой монтажников. Это был тот случай, когда выражение "накрыли поляну" точно соответствовало истине.

  На траве, в тени, была расстелена громадная брезентовая полость. На ней стояли в больших количествах помидоры свежие и маринованные, огурцы свежие и маринованные, яблоки, вишни, мочёные яблоки, варёная картошка, мясо жареное и варёное нескольких видов, много хлеба. В центре- здоровенная бутыль чистого спирта. Это который 96 градусов крепости. Она была обложена льдом. То есть, имитировала шампанское.

  Где-то с утра человек пять молодых монтажников были освобождены от работы и посланы на берег великой реки за рыбой. Рыба присутствовала в жареном виде в большом количестве. А также кислая

капуста. Неподалёку стояло ведро с родниковой водой. Стояло в тени.

 Нас было человек тридцать. И откуда-то появились молодые смеющиеся девчонки. Если бы мне
хоть кто-то сказал, что это наши теплоизолировщицы, которых зовут "шамотницы"[2]- никогда бы
не поверил. Когда они работают, то видны только
глаза. Все остальное скрыто мешковатыми комбине-
зонами. Работа вредная и тяжёлая. Поэтому, когда
видишь молодые и смеющиеся лица, то кажется,
что это все подмена.

- Ну, что, все готово? - это бригадир.

- Нет. Младший шеф еще не обучен (это обо мне).

- Обучить! Дамы ждут (общий хохот).

Сидящий рядом со мной,

- Спирт пил?

Это момент истины и лгать нельзя,

-Не-а.

- Значит так, самое главное- не глотай. Это не ке-
фир (общий смех. Я- в центре внимания. Внимание дружелюбное.) Просто лей в глотку, пока не
кончится.

-Кто, я или спирт? (хохот).

Эй, Любаша, смотайся к воде и налей стакан для
маленького шефа. Еще раз, открывай пасть и лей
продукт внутрь. Не вдыхай. Сразу, как выпьешь-
вот тебе стакан с водой от Любаши, она тебя любит
(следуют комментарии. Я их опускаю.) А потом,
сразу солёным огурчиком занюхаешь. Постой, а ты

что-нибудь ел с утра? Что? Конфеты "Ромашка."? 100 грамм? (весёлый смех. Комментарии опускаю).

И тут я замечаю, что неподалёку от меня стоит ведро, до половины наполненное куриными яйцами, Сырыми, естественно. Сидящий со мной рядом берет одно яйцо, указательным пальцем пробивает в нем дырку и подаёт мне,

- Давай, одним духом!

- А-а , зачем?

-Давай, давай! Это чтобы ты желудок не обжёг. Смазка нужна.

Я втягиваю в себя содержимое двух сырых яиц.

- Все. Маленький шеф готов. У всех под мениск налито? Вообщем, за все хорошее! Дамы, вас ждут…[3] Вздрогнули!

Следуя совету, я открыл рот, мысленно простился с родными и близкими, и, не глотая и не вдыхая, вылил в себя 200 граммов чистого медицинского спирта. Оказалось, что это просто, ибо после первых капель моё горло и все что с ним связано мгновенно задеревенело. Вот есть, а вот уже и нет. У меня сразу же в руке оказался стакан с водой, который я выпил, уже мало что чувствуя.

Потом, почему-то, я сделал попытку лично поблагодарить Любашу за стакан воды. Я так и не понял, или я сел рядом с ней, или она подсела ко мне. Еще я помню, что накинулся на мочёные яблоки. Заедал я их жаренной рыбой и кислой капустой. О своей репутации, как представителя завода-

изготовителя я не беспокоился. Если бы беспокоился, то на этот пикник не пошёл бы.

Естественно, когда я проснулся утром у себя в комнате, то чувствовал себя, как и положено, очень
вшиво. Но работу никто не отменял. Я явился на
работу вовремя, стараясь не думать о том, как вёл
себя вчера, и кто дотащил меня на второй этаж. А
также вообще не хотел думать, кто меня раздел и
уложил в кровать. При этом все мои вещи аккуратно лежали на стуле у кровати.

Несколько напряженно я встретился со своей бригадой, но ничего, ни подсмеивания, ни смешков, ни
каких-либо комментариев насчёт вчерашнего пик-
ника не было. Работа и только работа. И только во
время ланча бригадир, так, между прочим,

- Неплохо для первого раза.

-Ты о чем? - хотя я прекрасно понимал, о чем.

-Умеешь держать удар. Пока еще. И пойди, найди
Любашу и скажи ей спасибо.

У меня пересохло в горле,

- Спасибо за что?

- Ты где проснулся утром? В канаве или дома? Она
тормознула машину какого-то зав магазином – вот
ты и дома. А все остальное- у неё выпытывай!

- А где они сейчас пашут?

- Та где-то на главном паропроводе последний лоск
наводят. Найдёшь.

- Та, как-то неудобно и вообще…

Бригадир рассмеялся,

-Неудобно? Ты хоть помнишь, какие анекдоты вчера травил? Парни обхохотались! А дамы, и Любаша особенно, не знали, куда бежать. Да, шучу. Хорошие анекдоты. Всем понравилось. Похабщины не было.

И, когда уже выходил, то, не оборачиваясь, добавил,

-Я бы сам тебе кислород перекрыл, если бы при Любочке что-то горбатое сказал. Мне жена бы голову снесла. Не хотела, чтобы дочка пару месяцев подработала на монтаже. Всех предупредил, что моя дочь и никаких матюгов или похабщины.

-Твоя дочь? Ты что, очумел, дочку в шамотницы записал? Чего, не знаешь, кто там иногда работает? И работа…

-Знаю. Ей только восемнадцать. Пусть увидит, каково оно.

Он помолчал, и добавил, закрывая за собой дверь.

-Школа жизни.

И я понял, что в этой школе я еще приготовишка.

1- так называют старое русло реки.

2- теплоизолировщицы, которые наносят изоляцию на оборудование, которое сильно нагревается в процессе работы. Обкладывают такое оборудование или стекловатой или шамотным кирпичом. Та еще работа!

3-женщины спирт не пили. Для них было доставлено хорошее вино из местного продмага. Таки хорошее. И в небольшом количестве. Молодые женщины, все-таки…

Осколки неразбитого

Я знал, что Самуил Маршак отличный поэт и переводчик. Но я не знал, что он также был и предсказателем. То, что он написал в стихотворении *Мистер Твистер* в 1933 году в СССР, почти полностью соответствовало моему жилью почти на восемьдесят лет позже на другом континенте:

…номер направо снимает китаец,

номер налево снимает малаец,

номер над вами снимает монгол,

номер под вами- зулус и креол…

Правда, подо мной жили не зулусы, а корейские студенты. Они вечерами выходили на свое патио и сидели до глубокой ночи. Они громко разговаривали и курили на потоке что-то гнусное, типа смеси наших *Шахтёрских* и *Примы*. Это был тот тип курева, которое в стране пламенного социализма называли "термоядерным."

 Надо мной, к счастью, был чердак. А слева и справа жили китайские студенты. Они не курили дешёвку, а практически целые дни охотились на зомби. Это я сужу по звукам, которые через стены наполняли мою квартиру где-то все световое время. Когда они учились? Скорее всего, пока парковали свои машины.

Я как-то разговорился с одним из них и узнал, что он получает практически бесплатное образование. А наш университет дорогой. Не Гарвард, но и не Курсы по изучению библии. Как так? А просто- у родителей нет дохода. А как же они живут здесь? А когда они жили на Тайване, то у них был свой дом. Начали рядом строить небоскрёб, им заплатили за дом и они уехали. Сюда. А за дом заплатили хорошо. Но в этой стране дохода нет. Так что, все путём. А, черт, не там мои родители жили…

Когда сам не студент, но живёшь среди них, то вырабатывается определённый иммунитет. Уже не реагируешь на музыкально-хоровые вечеринки среди недели и среди дня. Спокойно воспринимаешь чужую машину на своем месте. И вообще-то, перестаёшь удивляться тому, что эти студенты выбрасывают, когда уезжают или переезжают. А выставляют на мусорку они телевизоры с экранами где-то совместимыми с моим ростом, кожаные кресла, целые ящики с DVD, микроволновки, книжные полки, соковыжималки, диваны и.т.д. Да, и все в хорошем состоянии, и все работает. Чего я ни разу не увидел среди выброшенного, так это игровых приставок. То есть, приоритеты- налицо.

В один из дней, собираюсь на ночную смену, которая начиналась где-то в шесть вечера и до шести утра, и тут звонок в дверь. Открываю, а на пороге совсем молоденькая не то китаянка, не то японка. Она смотрит на меня, улыбается и молчит. Так как она молоденькая и хорошенькая, то я улыбаюсь тоже. Вокруг меня живут китайские студентызначит , к кому-то пришла в гости. Я у неё спрашиваю, к кому она пришла. Она, по-прежнему, улыбается и молчит. Я говорю, что, студенты живут рядом. Ее реакция не меняется. И тут я слышу сдавленный смех.

Я сразу успокаиваюсь, поскольку во всей Вселенной есть только один человек способный так смеяться. Это один из моих сыновей. Он появляется из-за двери и сообщает, что это его girlfriend и они всего приехали на несколько дней и можно ли у меня остановиться. Вопрос риторический.

Сын меня сразу предупреждает, что девочка ни слова не знает по-английски. Все, что надо- он переведёт. Поскольку у меня дома спартанская обстановка даже для спартанцев, то все выглядело достаточно гармонично. Мебели практически нет, пол и стены не покрыты граффити, душ и туалет чистые и в рабочем состоянии.

На следующий день сын куда-то ускакал, а девочка осталась дома. Я, в очередной раз собираясь на работу, достал из холодильника какой-то бутерброд, чтобы заморить червячка. И тут эта девочка ставит передо мной три блюдца, одну тарелку и две чашки. И на каждой- какая-то еда. Могу поклясться на стопке библий, что ничего похожего на эту еду у меня в холодильнике не было. Из чего она это сварганила- понятия не имею. Да, и порции какие-то крошечные. Как для эльфов.

Она с улыбкой молча ставит это все передо мной и садится напротив. Вспомнив принципы куртуазного обращения, я приглашающим жестом призываю ее разделить это все со мной. Она продолжает смотреть на меня и улыбаться. Начинаю чувствовать себя немножко идиотом. Говорю ей убедительным тоном, типа, давай, рубай со мной. Та же реакция. Ну, что делать? Как-то неудобно начинать есть, когда хорошенькая девочка сидит напротив тебя и перед ней-пустой стол. Я подвигаю к ней пару тарелочек с едой. Лучше бы я этого не делал! У неё мгновенно пропадает улыбка и в глазах появляется какое-то страдальческое выражение. То есть, слезы уже совсем за углом!

Кушать мне расхотелось сразу. И уже надо уходить. Просто к счастью пришел мой сын. За сорок секунд я ему объяснил ситуацию. Он рассмеялся и за тридцать секунд объяснил мне в чем дело. Оказывается, девочка приготовила мне еду и села напротив, чтобы мне не было одиноко за столом. Она приготовила эту еду для меня, а не для нас обоих. А когда я ей подвинул пару тарелочек обратно, это означало, что мне эта еда не нравится. И что она не умеет готовить.

Следующие пять минут он говорил с ней на ее языке. И уже через шесть минут она засмеялась и все стало на свои места. Что он ей сказал- не знаю. Думаю, чтобы она не удивлялась, так как я со странностями. А мне он сказал, что в той стране это так принято. Мне это очень понравилось!

Но не всегда культурные обычаи других стран и народов вызывают у меня восхищение. И знаменитая пословица, что, мол, в чужой монастырь со своим Кодексом строителя коммунизма…в этой стране работает наоборот. То есть, чужой монастырь подделывают под себя. И чихать на

живущих в этом монастыре. Не нравится- уходите!.
Спасибо, братья, а куда? Риторика.

Ну вот, навскидку, пример из жизни недавно. В
большом магазине стою в очереди в кассу. Наконец,
у прилавка. Здоровенный араб-кассир сканирует
мои покупки и объявляет цену. Все в порядке. Я
достаю бумажник, чтобы расплатиться. То, что происходит дальше, надо просто видеть. Словами это -
как-то не так. Он выхватывает, да, еще раз, не берет, а выхватывает бумажник из моих рук, роется в
нем, вытаскивает одну кредитку (у меня их две)
протягивает ее через машинку и показывает мне
пальцем на экранчик. Мол, давай, плати!

Я стою и про себя напеваю песенку о человеке с
лопатой. Что сказать вслух- не знаю. Женщина
сзади меня,

-Господи, не могу поверить! Что эта сволочь делает? Зовите менеджера!

Идут еще какие-то комментарии из очереди. Удив-
ленно-возмущенные.

Араб-продавец,-

- Вы собираетесь платить? Вы задерживаете очередь!

Я, обретая дар речи,

-Какого дьявола ты у меня бумажник выхватил?

Ответ прекрасен,

-Чтобы очередь не ждала, пока вы будете в нем
рыться. Платить собираетесь?

-Зови менеджера!

-Я ваши покупки не принимаю. Или платите или не мешайте другим.

Женщина сзади меня,,

-Я еще такого не видела. Где менеджер?

Взгляд, которым меня наградил этот продавец, еще раз мне доказал, насколько необходима была Шестидневная война.

Менеджеру я и пол-очереди объяснили, что произошло. Я, ободрённый сочувствием толпы,

А что, если вот я скажу, что у меня в бумажнике было пятьсот долларов и платиновое обручальное кольцо. И этого больше нет, вот что тогда? Все видели, как вот это (так и сказал по английский- *IT*) выхватил у меня бумажник и рылся в нем. Из какой чащи он?

Менеджер,

- Мы будем разбираться. Он -новый работник. Так у него в стране принято. Наверное.

Я, пылая благородным гневом и оставляя за собой последнее слово,

- У него так в стране? ОК, пусть даст мне свой бумажник и я посмотрю, нет ли там чего-нибудь из моего.

Нет, я уверен, что это поведение-не культурный обычай другой страны, не культурное наследие веков. Это обычное хамство. Такого же порядка, как грохочущая на весь квартал музыка мариаччи около полуночи. Или рэп на том же уровне децибел. Это не выражение любовных томлений или протест против белого полицейского произвола. Это примитивное хамство. Но…как сказать что-нибудь? Низзя, это посягательство на национальное достоинство и богатое культурное наследие.

Но иногда сталкиваешься с таким, что вообще трудно объяснить. Ну, где-то вот так. В нашем жилом комплексе начали происходить квартирные кражи. Причём, за день могли обчистить сразу несколько квартир. Кражи, естественно, происходили днём, когда все в поле на посевной.

Полиция приезжала по требованию пострадавших, советовала не оставлять входные двери открытыми и не забывать ключи от дверей в замках. Заполнив бланки и формы, полиция уезжала, успокаивая пострадавших, что этим делом уже занимаются.

 Крали немного, но часто. Ничего особо ценного, так, по мелочи. Двери не взламывали, а аккуратно открывали. Камер наблюдения на каждой двери еще не было.

Ограбленные студенты возмущались, но не очень. Что конкретно пропадало я не знал, но, судя по реакциям- не платиновые кольца и норковые манто.

Только наивный человек, который никогда не жил в жилищном комплексе, считает, что днём в таком комплексе тишь и благодать. Как говорится в известном анекдоте-Отнюдь!. Эти комплексы состоят где-то из полу сотни двух- этажных домов, каждый из которых вмещает четыре небольшие квартиры. В каждой квартире - по пять-шесть студентов. В виде исключения отдельные квартиры сдаются посторонним личностям, вроде меня.

Днём работа в таких жилищных угодьях кипит. Ко-
сят траву, меняют газовые трубы,- другими словами, - перекопаны почти все дорожки, асфальти-
руют в очередной раз парковку, где-то меняют
крышу, подметают, моют, играет музыка, где-то в
квартире потёк туалет, все залило, мощными венти-
ляторами сушат полы, как в джунглях перекрикива-
ются участники процесса…

 Вот если бы меня спросили, какие условия для
ограбления квартир я считаю идеальными, то назвал
бы вот эти. Вроде и людей много, но никто ни к
чему не приглядывается, все что-то делают. Как
говорил великий Остап: Такие города приятно гра-
бить рано утром, когда еще не пе-
чёт солнце. Меньше устаёшь.

Как уже упоминал, был такой период в моей жизни,
когда я работал в ночную смену. А это значит, что
днём дома. И вот, сижу на кухне и, как кот, смотрю
в окно. И вижу, как высокий смуглый парень в типа
рабочем комбинезоне подходит к двери в соседнюю
квартиру и открывает ее. Ну, мало ли что? Живут
там китайцы, возможно, вызвали что-то подпра-
вить. Ничего особенного.

Особенное было в том, что вышел он из квартиры
буквально через несколько минут, захлопнул дверь
и пошёл к двери квартиры рядом с этой. Не посту-
чав или позвонив в дверь, он быстро глянул через
окно и также быстро и спокойно открыл дверь. Что
характерно, как говорят репортёры, что он не искал
ключей, а как бы, пользовался одним. Ну, может я
чего-то не заметил.

Будучи остро-коммуникабельного типа я, открыв дверь,

-Эй, кого-то ищешь?

Парень, слегка растерявшись,

- Да.., вот, знакомый сказал номер дома, но номер квартиры я забыл…

А потом, совершенно неожиданно,

- У вас стакана воды не найдётся?

- Даже два. Заходи…Сейчас найду чистый стакан.

Не улыбнувшись, медленно зашёл. Выпил стакан воды он одним залпом,

-Спасибо.

И тут, не знаю почему, я спрашиваю,

- Кушать хочешь?

Спросил, скорее всего, в шутку. Не война, не торнадо или цунами, голодающих на улице не видно. Но его,

-Да,

я точно не ожидал. Здоровенный бутерброд с ветчиной он практически вдохнул.

-Еще хочешь?

И опять, его ответ я не ожидал,

- Я из Антофагасты.

-А где это?

-Чили, рядом с пустыней Атакама.

- Про страну и пустыню слыхал. Про город- нет.

- Вот у меня знакомый оттуда где-то здесь живёт. Хотел найти. Ладно, спасибо еще раз.

-Не за что. Не заблудись!

Он серьёзно кивнул и вышел. Я видел, что больше он никуда не заходил и, сворачивая за угол, мельком глянул на моё окно. Через несколько дней я спросил одного из моих соседей, живёт ли поблизости кто-нибудь из Чили. Он сказал, что да, живёт. Но не из Чили, а не то из Чада, не то из Нигерии.

Квартирные кражи прекратились. А где-то через ме-сяц мне соседи сообщили, что, оказывается, воры стащили из нашего домоуправления запасные Master-Key. Поэтому могли быстро открывать мно-гие двери. Я также узнал, что воры ушли, заметив повышенное внимание полиции. Но я-то знаю, что все дело в бутерброде с ветчиной. Мне так хочется думать.

Как и ожидалось…

Его приезд я ждал с нетерпением. Нет, никаких финансовых выгод я не ожидал- не тот случай. Как, впрочем, и интеллектуальных откровений. Но у меня уже давно назрела нужда в …поточить зубки…Наше многолетнее общение к этому предрасполагало. Нет, он не был белым барашком Бяша[1] на заклание. Отнюдь. Просто у меня язык был где-то на три фута длиннее. Он это моё небольшое преимущество компенсировал подтянутой фигурой, глазами, как на портретах раввинов работы Рембрандта и слегка вьющимися волосами. Другими словами, импонировал женскому полу. Ко мне он относился терпимо. Так относятся к двухлетнему ребёнку, который пытается прополоскать свои подгузники в унитазе.

Наше знакомство было не случайным. Я выделил его из толпы, потому что он слушал меня, не перебивая. И в этом он был единственным. Это была моя первая ошибка. Вторая была в том, что многие мои творческие замахи он резал на корню простыми вопросами, типа, "А как ты это собираешься сделать?" Для меня такой вопрос звучал как, "А что я буду с этого иметь?" Или, "Кому это надо?"

Причём тут, "как это сделать?" Делают ремесленники. А вот идеи исходят от Терпсихоры. Или Талии. А может, от Эвтерпы. Вообщем, от кого-то из умных женщин. Идею оцени!

Но поняв, что против моего потока аналогий, примеров, исторических экскурсов, ссылок на праотца Авраама и Кодекс Хаммурапи ему не устоять, он делал то, что я просил. Я не буду говорить о том, что получалось. Это неважно. Важно то, что это была его вина. Ну, так я говорил. Я чего, буду на себя наговаривать?

Сейчас расстояние между нами превышало три тысячи миль. По телефону высказать все, что я думал о событиях в мире и его личной жизни я не мог- из- за разницы во времени он должен был, в конце концов, идти спать. Поэтому я и пригласил его в гости наивно полагая, что, наконец, выскажу все. И все значит ВСЕ. И обо всем. Включая его личную жизнь, его машину, его еду, и отсутствия у него чего-то, что я еще не придумал.

Прилетел он вовремя. Спасибо самолёту. Дома все было подготовлено к его приезду. Я демонстративно разложил солдатскую койку для себя в одной комнате, указав ему, что спать он будет на моей кровати. Почему-то я считал , что он будет возражать. Хотя бы из вежливости. Не дождался. Он принял это, как данность. А утром он огорошил меня заявлением, что он голоден. Я ему постарался вежливо напомнить, что в гости приезжают не для того, чтобы нажраться и развалиться на хозяйской кровати. Пока я говорил, он успел принять душ в моей ванной, побриться (своей бритвой), одеться и заявить, что он уже готов.

К этому я был не готов. Я предложил ему позавтракать сосисками из индюшки, но в целлофане. В ответ он начал открывать все ящики на кухне, но ничего не нашёл кроме шелухи от чеснока. Я проигнорировал абсолютно невежливый вопрос, а как так можно жить.

Развалившись на сидении в машине, моей машине, он со значением произнёс, "Гость в дом-Бог в дом." Я ему напомнил, что это старая польская пословица. А вот русская звучит иначе, "Гость в дом-Бог в **доме**." Но за завтрак заплатил я. Вместо "Спасибо" он отметил, что завтрак так себе, но лучше, чем целлофан с индюшкой. И что лазанья вкусная, но незнакомая. И, кстати, пиво хорошее. Но холодное.

Океан его не впечатлил. Во-первых, волны везде, во-вторых, вместо песка- галька. Вот у него, там, за горизонтом, волн нет вообще, песок- как манная крупа, из морских хищников- только туристы. А здесь? Куда ни глянь-все на чем-то сидят или стоят. И это в воде. Понятное дело, люди акул боятся и ноги в воду не опускают.

Ну, что у тебя еще в программе?

А мой главный козырь я еще не выложил. И я так невинно и говорю, что предлагаю поездку по диким местам. Он согласился. Я знал это. Он умеет снимать фото и видео, и новые ландшафты для него-это всегда хорошо. Но он еще не знал, в какие дикие места я его везу. И, между прочим, на своей машине. И он это воспринимает, как должное!

И, наконец, после двух часов езды по почти пустому шоссе, он спрашивает, а куда мы едем. Когда он узнал, что в Долину Смерти, то воспрял духом, на что я не рассчитывал. Думал, будет ныть. А он мне про фильм Антониони Zabriskie Point и про сцену, где многочисленные молодые пары занимаются любовью прямо на песке. На моё замечание, что это не гигиенично, он тактично заметил, что ему меня жаль.

Я был в Долине Смерти много раз. Уникальное место! И все, кого я знаю, попадали если не под очарование этим местом, но точно впечатлялись. И он не был исключением. Мы останавливались не один раз, он делал фото, видео, и я видел по его физиономии (чуть не сказал-лицу), что ему это нравится.

Поскольку он гость, то я решил не предлагать ему провести ночь в палатке. Это так, как я обычно и проводил ночи в этой пустыне. Мы остановились в единственном на сто миль мотеле и даже смогли поплескаться в ихнем бассейне. Если я старался скромно держаться у бортика, он демонстрировал свою таки неплохую фигуру, принимая картинные позы a la Джонни Вейсмюллер[2]. Конечно, не специально. Просто, когда тело атлетическое, то если даже подтягиваешь плавки, то это выглядит, как игра мышц. Да, я не оговорился, он плавал в бассейне именно в плавках, которые были популярны от Ялты до Якутска в течении последних шестидесяти лет. Здесь, в этой стране, в таких плавках ходят на Парад Гордости. Или участвуют в олимпийских заплывах. А после бассейна мы ещё долго не засыпали, обсуждая все, что под луной.

Поскольку все происходило жарким летом в одном из самых жарких мест на Земле, если не считать ливийскую пустыню в августе, то надо было бы выехать как можно раньше. Но я-предполагал, а он-располагал. Где-то в начале восьмого утра, когда горизонт уже начинал слегка дымиться, он объявил, что должен позавтракать. Будучи не очень дальновидным и не понимая до конца с кем имею дело, я согласился. Ну, думаю, по чашке кофе, пирожку- и в дорогу. Ну да, говорите тоже…

Когда он огласил, что желает на завтрак, я подумал, что у меня две проблемы. Первая-это проблема со слухом. Или, как говорит мой доктор в ответ на все мои жалобы-это возрастное. Вторая проблема- это в адекватном восприятии услышанного. Вот как это все звучало:

-Ну, что, давай по-быстрому! Перекусим и поедем. А то сегодня обещали под 40 градусов. И Цельсия.

-Хорошо.

-Тебе что, кофе и круссант?

-Да. На дессерт.

-На десерт?! А что еще над…

-Я утром обедаю. Обед из трех блюд. У меня такой график.

-Ты, чо, очумел? В семь утра обед? Ты чего, на сенокос собрался?

-Вообщем, мне нужно на завтрак: первое, горячее обязательно, второе с гарниром, ну и десерт.

-Первое. И горячее. Ты не забыл, что мы в пустыне? И это июль.

-Не забыл. Мой организм нуждается в таком питании.

-Та где же в этом богом забытом мотеле в семь утра будет первое и горячее, второе с гарниром, и десерт? Дай бог, чтобы кофе нашлось.

-Ну, хорошо, без десерта можно обойтись. Но без горячего первого- никак.

И пошли мы в кафешку при мотеле. В кафе кроме нас никого. Официантка не удивилась, а просто спросила, а какой суп желаете?

Я видел, как она передала наш заказ повару. Он достал откуда-то снизу банку консервов, вскрыл ее, плюхнул в тарелку, залил кипятком из кастрюли. Не прошло и пяти минут, как перед моим гостем стояла тарелка с дымящимся супом. Глядя на эту тарелку, я облился потом. Горячим. Я знал, что нас ждёт на выходе из помещения с кондиционером: ни облачка на небе, иссушающий сильный ветер и запах гари в машине от слегка тлеющей изоляции на проводах.

Он, не торопясь, съел суп. Потом что-то, что должно было означать второе с гарниром в виде картошки -пюре. Тоже съел. Не торопясь. На десерт было не кофе, а горячий чай, который он пил из блюдечка.

Выехали мы где-то около десяти утра. В машине, несмотря на кондиционер, было жарко. Снаружи-неописуемо. Мы еще пару раз остановились, чтобы снять виды и, в конце концов, доехали до кратера по имени Ubehebe. Кратер не очень глубокий и ничем особо не примечателен, за исключением одного феномена. Этот феномен называетсыа ветер. То есть, ветер такой сильный, что можно почти лечь на него и улететь. Стоять на гребне кратера почти невозможно. Физически невозможно. Просто валит с ног. В ста метрах от кратера- тишь и благодать. Мы там немного походили, немного он поснимал. И, судя по выражению его физиономии, (чуть не сказал-лица) ему это понравилось.

Заглянули в Лас Вегас. Ну, что, Вегас, как Вегас. Праздник, который всегда. Если есть, за что. У нас мало что было. Запомнился мотель на окраине, где мы остановились по причине бедности. Хозяин почему-то принял нас за супружескую пару, что рассмешило нас обоих- мы выглядели, как бродяги, которых когда-то полиция снимала с товарных вагонов. Обваренные солнцем красные рожи (чуть не сказал-лица), те еще супруги.

Приведя себя в порядок, рожи остались без изменений еще на восемь дней, мы походили по Вегасу. Как сказал бы один наш общий знакомый, который остался по ту сторону Атлантики, "Ничего городок. Но наш ЦПКиО лучше."[3]

 Мы ничего не выиграли, никто с нами не флиртовал (я уже упоминал про красные рожи), и никто не пытался нас похитить. Но, вообщем, было интересно.

Через день мы ехали уже обратно, так как нам обоим надо было быть на работе в понедельник. И это послезавтра.

- Так, откуда ты вылетаешь, из какого аэропорта?

-Ну, из того же, куда прилетел.

Вылет через два часа. В аэропорту симпатичная девушка у стойки сообщает нам, что вылет через два часа, правильно. А вот до нужного аэропорта надо ехать еще семьдесят миль. Я думаю, что не стоит приводить здесь все определения, которыми я наградил моего гостя. Надо ехать в трафике на север. Полтора часа до отлета. И вот тут он, мой гость, в полной мере проявил свой профессионализм, полностью искупив этим и чай из блюдечка и кипящий суп в сорокоградусную жару.

-Давай, я поведу твою машину.

-Но ты же там никогда не был, куда, к черту, ты поведёшь?

-Ничего. Я в Нью Йорке уже 25 лет вожу. Разберусь.

И разобрался. В трафике довёл машину до нужного терминала за пятнадцать минут до вылета.

-Ну, я думаю, что мы неплохо съездили в Долину Смерти. Вот если бы у них был бы борщ, а не перловый суп…

Я добирался домой почти два часа. Один раз по рассеянности свернул не в ту улицу. Да, чуть не забыл! Он, мой гость, не сказал "Спасибо." Вообщем, все прошло, как и ожидалось.

[1] И. Тургенев, Бежин луг

². Первый исполнитель роли Тарзана в фильме "Тар-
зан."

³ Центральный Парк Культуры и Отдыха.

Сидя рядом

Не знаю, как в других странах, но в этой есть такой обычай: где-то раз в год приводить своих детей на свою работу. Может поймут, почему после работы родители утыкаются или в телевизор или в Фейсбук.

Естественно, никто не хочет показать действительное состояние дел. И дети видят, что все сидят, погруженные в работу. И, судя по задумчивым и интеллектуальным лицам, это очень напоминает Центр Управления Полётами в Хьюстоне. Или на мысе Кеннеди. Даже если это просто Real Estate Office в городке у дороги.

И сегодня в этот специальный день общение вежливое, начальство - просто душки, к папе/маме отношение, как к ходячему мозговому центру. И не просто центру, а центру, который подключён к Информационному Полю Вселенной. Не меньше.

Дети не идиоты, и понимают, что это показуха. Родители знают, что это показуха. Но, хотя бы раз в год можно почувствовать, что чего - нибудь значишь? И почему нет? Один день сыграть - нет проблем.

Меня родители на работу никогда не брали. Я к ним сам забегал. Это когда терял ключ от входной двери, а днём в нашей коммуналке никого. А до школьного туалета далеко. А вот когда хотел показать очередной пассии свою исключительность, то так, мимоходом, конечно случайно, приводил ее к отцу на работу. Там было светло от чертёжных досок, а у отца был маленький кабинетик с видом на огромный чертёжный зал (кстати, американский проект тридцатых годов). Пассию это впечатляло настолько, что обычно эта проходка была нашей последней.

Мне нравилось смотреть, как работают другие. Нет, я никогда не давал советы и не пытался показать, а как надо. Вот просто стоять и смотреть. И восхищаться. Иногда, правда, я задавал вопрос, А зачем это все? Удивительно, но никогда ответа на этот вопрос я не получал. Я имею в виду приличного, то есть, печатного ответа.

 Лучше, чем сказал об этом один из моих любимых авторов Джером К. Джером, мне не сказать, "Я люблю работу, она очаровывает меня. Я могу сидеть и смотреть на неё часами."

Конечно, не всегда реакция тех, кто работает, положительная. Ну, например, работает экскаватор, роет траншею. Я стою где-то метрах в пяти, жую бутерброд с докторской колбасой (моя мама- врач, это для справки) и наблюдаю. Доброжелательно. А вот экскаваторщик после сорока минут такого наблюдения, громко спрашивает,

- Ну, какого…(дальше- неформальный термин, в родительном падеже, известный) !

И это все, три слова. А подсмысла- на два параграфа.

Но такое не всегда. В основном относятся с лёгкой жалостью, ну, типа, чего с него взять. Ну, еще пример, когда с лёгкой жалостью. В самолёте. Шесть часов полета. В иллюминаторе внизу - Сибирь. То есть, лес без конца и краю. И да, летим над Сибирью.. Спрашиваю стюардессу,

-А кабину пилотов можно посмотреть?

Это было еще в те времена, когда ислам в сознании большинства ассоциировался с верблюдами и с Шехерезадой. А башни-близнецы еще не построили.

-Сейчас узнаю.

Через несколько минут,

-Да, можете пройти.

В кабине пилотов царило расслабленное настроение.

- Здравствуйте!

Второй пилот, слегка оглянувшись,

- Привет. Что скажешь?

-Да ничего. Просто интересно посмотреть.

Оба пилота, слегка рассмеявшись,

-Ну, если что заметишь интересное- дай знать!

Я, после небольшой паузы,

-Это вы на автопилоте?

Второй пилот,

-Не наблюдательный ты. Это самолёт на автопилоте а мы..

Первый пилот, заканчивая фразу,

-...а мы, надеюсь, вечером будем. Михалыч, согласен?

-А этот экранчик- авиагоризонт, да?

Один пилот другому,

-Слушай, он чего-то слишком много знает. Может он инспектор ГАИ? (смеются). Ну, ладно, парень, давай, посмотри, что еще хотел, и иди отдыхай еще три часа. А то в кабине вообще-то не полагается посторонним.

Первый пилот, слегка обернувшись,

-...И даже гаишникам.

И мы все трое рассмеялись.

Поэтому, когда годы спустя я упросил профессионального водителя позволить мне посидеть с ним рабочий день в его машине, то уже имел определённый опыт в "не надоедать." Моё желание было вызвано его многочисленными рассказами об особенностях этой работы. Я водителю,

-Ну, у каждой работы есть особенности. Но что особенного в том, что каждый день ждёшь заказ от диспетчера? И, в основном, в аэропорт Кеннеди. Туда- сюда, обратно... Ну, да, траффик, часы пик...А где же острые моменты, авантюрные встречи, секс на заднем сидении, уход от полиции, забытые золотые слитки в багажнике...? Где все это? Или ты чего-то не договариваешь?

-Я же не ты. Это у тебя невозможно ничего узнать. Все шуточки да ересь всякая. А я- человек открытый и честный, я все всегда расск...

-Про твои ангельские черты уже полгорода знает. Женская полгорода. Давай, факты говори. Чего-нибудь интересное..

--Интересное... Насмотрелся идиотских фильмов и ждёшь "малинки." Ничего интересного. Работа как работа. Вот недавно возил Барбару Уолтерс, знаешь, ту, которая журналистка?

-Ну и как?

-Да никак. Злобная старушенция. Старуха Шапокляк. Все ей не так. Ну, чего еще тебе...

А, ну вот модель из Victoria' Secret возил. Совсем девочка, но как ее охраняли! Номер моей машины дважды записали, протяженность маршрута определили, от А до Б, чтобы не возил ее по городу, как хочу, время отъезда-приезда....Ну, в общем, вот так.

-Ну, хоть поговорил с ней?

-Да, немного. Ничего запоминающегося. Да, симпатичная. Ну, молодая совсем еще. Но на фото в каталоге- та куда там!

-Да, скучновато живёшь.

-Я -не ты. Я выдумывать не умею.

-Ну чего, ни разу араба-миллиардера не подвозил?

-Нет. Вот вспомнил, так, ничего особенного, но раз ты настаиваешь. Вызов в Country Club. Какую-то бабу надо отвезти домой. Вывели ее из клуба под руки, набралась- полный кошелёк. А куда везти?

Диспетчер сказал, что адрес она скажет. А она как плюхнулась на заднее сидение, так и в отключку.

Я, мол, куда везти? Она что-то пробормотала. Так толком и не понял. В общем, привез, а она - не то, не туда привёз. Куда везти? Опять отключилась. Вот тебе положение: тормошить ее- не дай бог, потом по судам затаскает. Нельзя притрагиваться. Час ночи. Как дурак, везу ее обратно к клубу. Думаю, может очухается, что-то внятное скажет. Впустую.

  Звоню диспетчеру, а он, мол, клиент должен сам назвать адрес. Ее домашний адрес есть, но может она не хочет ехать домой. В общем, открой окно, включи рок- может проснётся. Ненадолго проснулась. Где я? Я сказал, что в городе Нью Йорке. Я же вам сказала, что мне в штат Нью-Джерси. А где в Нью Джерси? Так, голова опять откинулась и снова засопела. Уже два часа ночи.

  Короче, в конце концов назвала адрес. И да, это не был ее домашний адрес. И заплатили только от клуба до того места, где она вышла. Два часа катания по городу- за мой счёт. Для удовольствия ездил, а как же. Ну, как история?

-Ни черта себе!

-Да этих историй- на неделю рассказывать. Привёз раз одну старушку к ее дому. Помог вещи из багажника донести до ее подъезда. Иду к машине, а какой-то дебил поставил свою машину так, что выехать я не могу. Я ему, слышь, отодвинь машину, чтобы я выехать мог. А он, ты занял мое место парковочное. Вот ты и стой, где стоишь.

Я объясняю, что помог женщине донести вещи до подъезда, я же работаю. А он, мол, это твои про- блемы, а у него времени – хоть до завтра. Просто издевается. Толпа собирается. Все на его стороне. Пытаюсь выехать, а он блокирует. Короче, после всяких мытарств смог, наконец, проскочить в зазор.

-Я бы ему голову снёс бейсбольной битой.

-Ага! Снес! Это тебе не кинуха с Чарльзом Брон- соном. Тебя там, в том райончике, в асфальт зака- тали раньше, чем ты бы просто подумал о бейсболь- ной бите.

 Ну, и на закуску. Про события 11 сентября 2001 в твоей деревне что-то сообщали?

-А что, разве что-то было?

-Ладно. Вот раз везу клиента вскоре после этого. Ну, так, слово за слово. Об этом теракте. У всех тогда одна тема. Понятно. А он у меня спраши- вает, видел ли я фото людей, которые выпрыгивали из горящего здания чуть ли не со 106-го этажа.

 Конечно, говорю, во всех газетах это фото было. Ну, а он мне, что взял лупу и в одном из валящихся вниз тел узнал свою племянницу. Она там работала и никаких следов ее не нашли пока. И так спокойно он это сказал, без надрыва, что я поверил. На та- кие темы не брешут.

- Что-то у тебя один негатив. Ну, так, что- нибудь смешное можешь припомнить?

Пауза длиной минут в десять. А потом,

- Ну-у, если ты так настаиваешь… Пересмотрел недавно грузинскую короткометражку. Смешная.

И колоритная. Ни с чем не спутаешь. Ни с французской, ни с итальянской. И, кстати, сделана как дипломная работа.

-А про что?

Пауза длиной минут в десять. А потом,

-Смешная. Не помню.

-И это все, что ты вспомнил смешное?

Без паузы,

- Смешное…Ну, когда ты звонил, а я был сильно занят.

-Это когда ты истерически хохотал без причины?

-Ну, причина была, но я об этом говорить не собираюсь. Тебе сказать - это как на площади в мегафон. Только намекну, что при этом я был не один.

Я, голосом соблазнённой и покинутой,

-На площади…В мегафон… Та кому нужны твои проблемы? Вот я их рассказал своим соседям. Ну и что? Кого это взволновало? А ты думаешь, что в приёмной у дантиста людям очень нужна твоя личная жизнь? Ну, я им рассказал, чтобы немного скрасить ожидание. И что, кто-то смеялся, когда я описывал твои похождения? И, кстати, я же твой телефон никому не давал. Но фамилию и адрес всем сообщил. Как, почему? Чтобы не считали, что я что-то выдумал.

Мы оба рассмеялись, поскольку вспомнили рассказ Швейка, как он занимал деньги для фельдкурата Каца, говоря всем, что фельдкурату надо платить алименты. Деньги для святого отца дали все.

-Слушай, а денёк можно с тобой в машине поездить?

-В принципе, да. Но при условии, что ты будешь молчать. Надо у компании спросить разрешение. Ты же не пассажир. Впрочем, если ты оплатишь весь мой рабочий день… Тоже нельзя, ты не заказывал машину. Ладно, узнаю.

Компания разрешила, так как он сказал, что я хочу поступить на работу и он мне даёт ознакомительный тур.

Поучительный был тур. Во-первых, это трафик. Все время. Во-вторых, поведение некоторых пешеходов вызывало у меня большое желание владеть огнестрельным оружием.

А как реагировать, если наша машина стоит первая при повороте на зеленую стрелку, сзади гудят с десяток машин. А мы не едем потому, что прямо перед капотом нашей машины стоит черный и без всякого выражения просто показывает нам средний палец. На сигналы- никакой реакции. Ушел он только после того, как перед нами зажегся красный сигнал светофора.

И в-третьих, поведение некоторых пассажиров. Я сижу впереди, на пассажирском сидении. Клиентов трое, молодые. И один из них спрашивает водителя, а кто это сидит рядом с ним. Они ведь заказывали машину только для себя. Легитимный вопрос.

Водитель отвечает, что я прохожу тренировку и нахожусь в машине с разрешения компании. Объяснение не принято. Клиент просит соединить его с диспетчером. Тот все подтверждает. Все равно, подаётся официальная жалоба.

Я выдержал полдня. Вернее, не столько я, сколько мой мочевой пузырь. Туалетов нет в даунтауне. Водители пользуются бутылочками. И вот так день за днём, за рулём 12-13 часов в сутки, из которых в движении только треть времени. Остальное время просто ждёшь заказ.

Особые качества требует эта работа. Это был тот случай, когда смотреть на это мне не хотелось. То, что я видел-никакого восхищения или эстетического чувства не вызывало. Тяжёлая, дёрганная, неблагодарная работа.

И еще я подумал о том, что, скорее всего, так с любой работой. Одно дело- когда смотришь на неё. И совсем другое дело, когда сидишь рядом.

PS. Профессиональный водитель отказался брать с меня плату за проезд. Он сказал, что та сумма, которую я ему предлагаю- это оскорбление. Другими словами, этого слишком мало. Но если я так настаиваю, то могу незаметно оставить эти деньги на столе у него дома. Но так незаметно, что он смог бы их потом найти.

PPS. Я не захотел его унижать подачками и никаких денег не оставил. И об этом я ему сообщил по телефону. Из другого города. Его ответ я опускаю.

Филателист

К своим многим недостаткам, помимо неадекватной любви к ветчине, я отношу и полное безразличие к коллекционированию. Ободранные коленки, распухшая голень, и стёртые до носков ботинки, как результат футбола на проезжей части, я предпочитал коллекционированию.

Будучи уже в зрелом возрасте шестнадцати лет и семи месяцев, я вдруг заинтересовался перепиской с незнакомцами. Точнее, с незнакомками. Это после того, как мне однажды пришло письмо из Новгорода с таким замечательным вступлением, "Дорогой, но пока еще незнакомый друг! Настоящего имени вашего имени я не знаю, но, на всякий случай - меня зовут Тася и мне шестнадцать лет. Я не замужем, так как еще не окончила нашу среднюю школу…" И, естественно, просили мою фотографию.

Заканчивалось это письмо так," Жду ответа, как соловей лета!"

До сих пор не знаю, как в Новгородскую область попал мой адрес.

Я ответил на это письмо, передрав большую часть из повести А. Пушкина "Роман в письмах," переписка Лизы и Сашеньки. Конечно, заменив Лизу на Тасю. Будучи скромным от рождения, вместо своей фотографии послал фото Ярослава Гашека. В очень раннем детстве. Ответ меня обескуражил, "Я не знала, что у вас есть ребёнок. Прощайте."

Больше меня на переписку не тянуло. Но вот как-то мой одноклассник принёс буржуазный журнал с кучей адресов для переписки. Со многими странами. Я выбрал штук шесть адресов, используя два критерия: фотография и социалистическая страна проживания. Из шести адресов четыре были из Чехословакии. Одно письмо спросило меня, а правда ли все то, что описано в повести "Один день Ивана Денисовича?" Я ответил, что да, правда, хотя повесть не читал. Мне ответили, что, оказывается, мы, то есть советская страна, хуже нацистской Германии. И на этом переписка закончилась.

А вот одно письмо было толстеньким. В нем лежало штук двадцать красивых марок с красивыми ландшафтами. И это все. Обычный этикет требовал адекватного ответа. Возле магазина Союзпечать где для меня всегда оставляли польские журналы *Kobieta i Zycie* и *Ekran*[1], всегда толпилось человек пять умного вида и слышались странные слова, типа "кляссер[2]" Я принес с собой несколько полученных марок и спросил мнение у умных возле входа в Союзпечать. Мнение было положительное. То есть, марки хорошие.

Я купил в Союзпечати двадцать советских марок с портретами передовиков и членов Политбюро и послал их в Чехословакию. Следующее письмо пришло дней через десять. В нем лежало штук тридцать марок с красивыми ландшафтами. А также 20 марок с портретами передовиков и членов Политбюро. Это то, что я послал.

Чувствуя себя обязанным, я купил тридцать марок с портретами советских покорителей космоса и послал их в Чехословакию. Ответа не было долго.

Под Новый Год пришла на моё имя толстая бандероль. Я по дурости подумал, что из Чехословакии мне прислали джинсы Levi Strauss, которые я не просил. Нет. Пришли четыре книги. Это был швейцарский каталог *Zumstein*[3] в четырёх томах. В бандероли находился еще лист, очень похожий на шпионский код. Это были ряды четырёхзначных цифр в четыре столбика на страницу.

Также в бандероли находилась открытка на французском, в которой меня поздравляли с Новым Годом и желали мне и моей семье благополучия. Да, и чуть не забыл: в бандероль были вложены тридцать марок с портретами космонавтов СССР, которые я выслал ранее.

Я выбрал день, когда у Союзпечати было больше умных, чем обычно и предъявил им один том *Zumstein* на обозрение. Реакция была слегка неожиданная. У меня его захотели купить прямо здесь и сейчас. Интересно, что о цене даже не спрашивали. Я это понял, как за любую названную.

Естественно, я ничего не продал, но зато купил двадцать марок с изображением бобров, лосей, волков, и картин И.Е. Репина Письмо с моими марками вернулось через неделю. В него был вложен небольшой листок с текстом на французском. Текста

я не понял, но выделенная крупным шрифтом
цифра в 860 швейцарских франков не вызывала сомнений. Это был мой

долг.

Поскольку до этого у меня никаких долгов не
было по причине отсутствия денег, то я просто
проигнорировал запрос.

Целый месяц было тихо. Я подумал, что пронесло.
Был неправ. Пришло письмо в тонком конверте с
мало-говорящим обратным адресом “Москва, Об-
щество дружбы с зарубежными странами.”

Письмо было кратким и по существу. В нем сооб-
щалось, что моим корреспондентом в Чехословакии
является профессиональный филателист. Что так
называемый шпионский код есть ни что иное, как
номера марок по каталогу *Zumstein,* которые он хочет получить. Что марки, которые я ему высылал
его не интересуют. И что мой долг ему за все вы-
сланные марки – 860 швейцарских франков.

И что, учитывая, что я не профессиональный филателист и что это (откуда знали?) все в первый раз,
то мой долг погашается государством. Но, если я
продолжу эту активность, то за все я буду платить
или сам или попаду на международный суд.

И я понял, что общение с Тасей из Новгородской
области мне обойдётся значительно дешевле. Это,
конечно, если общение будет только по переписке.

 Kobieta i Zycie и Ekran[1]

журнал Женщина и Жизнь. и журнал польских кинематографистов Экран кляссер[2]

специальный альбом для коллекционирования марок.

Zumstein[3]

каталог марок Европы, издаётся в Швецарии

87

Блик

Весной здесь расцветают удивительные цветы. Десятки маленьких и совсем маленьких ручейков появляются непонятно откуда. Из этого же непонятного места появляются и многочисленные птицы. Я уже не говорю о мелких животных. Это длится где-то две-три недели. На рай земной не тянет, но симпатично. Неплохо, скажем, и пару недель осенью. Все остальное время, где-то месяцев десять, это то, что называется Долина Смерти.

Много раз я бывал там и всякий раз она производила на меня сильное впечатление. Я не знаю другого места, и, конечно, я был далеко не везде, где ощущение полной мизерности было бы таким сильным. Горы подавляют размером, океан завораживает неизмеримой мощью, а вот раздавливает и показывает человеку его полное бессилие- пустыня. Там нет жизни. В океане ее, жизни, немеряно. Океан-это жизнь, она оттуда вышла. В горах можно как-то жить. В пустыне-нет. Ее можно только пересечь. Если получится.

Эрнест Джайлс, Козлов и Пржевальский, Семенов-Тянь-Шанский, Григорий и Александра Потанины, Свен Годин, Уильфрид Тезигер, да и еще десяток имён через запятую, пересекали пустыни. Разные. От пустыни Гоби до пустыни Гибсона. Наверное, есть какое-то притяжение в абсолютно безжизненных холмах, пересушенных руслах и бескрайних песках. Может быть это притяжение вызвано и тем, что человек видит, что все его амбиции, успехи, победы как-бы аннигилируются этим вселенским безразличием.

 Ибо любая пустыня- это безразличие. Как сто миллионов лет назад, так и завтра. Без изменений. Ни грозовой мощи, ни чудовищных цунами, ни грохочущих обвалов, ничего. Построишь, не построишь - все равно. Не будет ни взрывов, ни извержений, ни других зрелищных катаклизмов. Просто сотрётся. Дай только немного времени.

. И эта мощь, не требующая ни твоего восхищения, ни поклонения производит на меня сильное впечатление. Именно, своим полным безразличием. И странной тишиной. Это не тишина океана. И не тишина в горах. Там этого нет. Ибо там так или иначе есть жизнь. Здесь ее нет. Эта не тишина с заткнутыми ушами. Это тишина безразличия. Это впечатляет.

И, конечно, очень впечатляет, когда где-то в середине июля, когда температура уже под самый потолок, то есть за 120 градусов Фаренгейта, видишь группу мужчин и женщин, бегущих по кромке шоссе в самом сердце Долины Смерти, в так называемом Badwater. Это не мираж, хотя очень похоже. Это традиционный ежегодный ультрамарафон. Почему ультра? Да потому, что его длина 135 миль (не километров!). Потому, что он начинается в самой низкой точке земной поверхности (в западном полушарии), которая где-то на 286 футов ниже уровня моря и после 135 миль заканчивается на высоте почти 9000 футов, на так называемом портале горы Уитни.

И да, бегут они без передышки. Днём и ночью. Я как-то разговорился с одним из бегунов, когда само-истязал себя в каньоне (я это называл *бегом*). Он пробегал мимо. На бегу, а он сильно замедлился, чтобы мы могли говорить, он мне сказал, что если в течении часа я дотащусь до парковки, то смогу там увидеть двухкратную победительницу этого уль-трамарафона Пам Рид. Я дотащился и смог ее уви-деть. Худенькая, среднего роста, загорелая, блон-динка, и улыбчивая. Так, для справки, 135 миль она пробежала за 27 часов. Без остановки. И все время- понемножку в гору.

Конечно, я и не собирался конкурировать с такого типа людьми. Мне просто вдруг захотелось сделать что-то если и не похожее на ультрамарафон, но настолько же неадекватное. Я решил пересечь это высохшее очень давно соляное озеро, Badwater. И не просто пересечь, но еще и вернуться обратно. И да, сделать это все в августе. В августе там еще жарче, чем в июле. В это трудно поверить, но это так. В августе уже нет смысла мерять там темпера-туру. А вот тем, кто хочет туда пойти в это время - необходимо.

Насколько я знаю, среди моих предков не было ни бедуинов ни туарегов. Так что объяснить это пато-логическое влечение к пустыням я не могу.

Незадолго до этого мы с женой сделали ознакоми-тельный тур в Долину Смерти. Что привлекало меня туда-думаю, уже понятно. То есть, некая не-адекватность. Что ее потащило туда, так это наличие разных минералов и красивых камней. Все пять часов поездки мы не переругивались- было слишком жарко. Мы посетили знаменитый Забриски Пойнт, отмокли в натуральном горячем источнике, отоспались в палатке, приняв по пол-стакана красного вина и утром – ни в одном глазу.

-Ну, пока я не вижу ничего смертельного в Долине Смерти.

Понятно, кто это сказал, так как это был не я.

-Подожди, мы еще не все видели.

-А что еще здесь можно увидеть, кроме смеси гравия с песком и с кактусами? Неужели там, за горизонтом, лыжный курорт?

И когда почти через полтора часа езды по совершенно пустынной дороге мы подкатили к высохшему соляному озеру, на берегу которого стояла табличка, что это самое низкое место в этом полушарии, то я понял, что поездка была недаром. Это был один из тех редких случаев, когда наши мнения совпали. А если ещё добавить к этому, что на обратном пути мы увидели настоящий мираж, то вообще не о чем говорить. К слову, это был июнь.

И вот теперь я еду к тому же месту в августе и один. Приехал я на место около семи утра. Было уже хорошо тепло. Ни облачка, ни ветра. Я положил в небольшой рюкзачок две здоровенные бутылки с водой и ступил на сверкающую как полированный белый стол, поверхность. Ширина этой соляной пустоши где-то пять миль. Я нашёл далеко на той стороне какую-то слегка отдельную гору и пошёл прямо на неё. Это я так думал.

Где-то через минут сорок я почувствовал, что что-то не так. Было уже жарко. По-прежнему, нет ветра, нет облаков. Жар идет не только от солнца, но и от плоской соляной поверхности. Она работает, как рефлектор в нагревателе. А не так было то, что я вдруг перестал потеть. Это хороший признак в танцевальном зале, но плохой в пустыне. Я знал правило, что нужно прихлёбывать воду каждые минут пятнадцать. Мне пить не хотелось, что тоже было нехорошо.

 Но, вот когда начинаешь пить воду, а тебя выворачивает наизнанку прямо на соль под ногами- это совсем плохо. Означает приближение теплового удара. Организм закрылся, воду не принимает. Охлаждения потоотделением тоже нет. Что есть? Есть все шансы остаться здесь насовсем.

Я остановился, так как вдруг потерял свой ориентир на той стороне. Огляделся вокруг и понял, как чувствует себя муравей на огромном белом блюде. Все вокруг выглядело одинаково. Какие-то приземистые горы и понять откуда я вышел было сложно. Следов в общем-то не было. Тонкая соляная корка все время трескалась и мои ноги погружались в какую-то вонючую грязь. Когда я попытался определить обратную дорогу по этим грязевым отпечаткам, то очень скоро запутался. Уже позже я понял, что мои мозги начали оплавляться по краям.

Ощущение полной беспомощности. Жара усилилась. Две практически полные бутылки с водой не создавали ни малейшего комфорта. Попытки отхлебнуть сразу приводили к рвотным позывам. Я понял, что пора возвращаться. Знать бы в какой стороне машина?

Иногда Провидение благосклонно к олухам. Двигая глазами вдоль угрюмой линии далеких гор, я вдруг зажмурил глаза от яркого блика. Как-будто кто-то направил зеркало прямо мне в лицо. Остаток здравого смысла стазу сказал мне, что это отражение от ветрового стекла моей машины.

Я гнал от себя вторую мысль, а у меня в это время больше двух в голове не помещалось, что этот блик может быть от чего угодно. И то, что этот блик находится совсем в другой стороне от того места, где я оставил машину меня уже не трогало. Я пошёл на блик. Не знаю, через сколько времени я уперся в свою раскалённую машину. Это было только начало десятого утра.

А вот своим следующим действием я горжусь до сих пор. Подавляя дикое желание сразу же лечь под кондиционер, я направил струю холодного, не ледяного, воздуха на ноги, потом чуть выше. И только почувствовав, что понемногу начинаю остывать, только тогда, направил струю воздуха на голову. Если бы подчинился инстинкту и влез под ледяную струю с головой, то, скорее всего, вряд ли бы сейчас цокал по клавиатуре. Мгновенное охлаждение сосудов мозга и сердца после такой жары может легко привести к инсульту или сердечному спазму. В мою программу неадекватных поступков это не входило.

Конечно же, так, как я это расписал дома- я бы и сам не поверил. Ну, вот такая деталь, что, мол, последние три мили я полз по раскалённой соляной пустыне. И что только мысли о семье держали меня у жизни… И подобные красоты высокого штиля. Не хватало только Шопена. На что моя жена с прагматичностью женщины, кратко заметила,

-Если полз три мили, то где же ободранные в кровь колени и ладони?

-Ага, ну как Саломея. Подай ей на тарелке голову Иоанна Крестителя, а иначе- никаких делов. Крови надо, больше крови…! Где вот то самое женское милосердие?

-А с вами, мужиками, иначе нельзя, потому что…

Ну, дальше все понятно.

А спустя неделю я прочитал в нашей местной газете, что один любитель экзотики решил отметить своё сорокалетие в Долине Смерти и пересечь вот то же соляное озеро, Badwater. Рейнджер нашёл его через день. Всего в десяти шагах от своей машины. Ну, в отличии от меня, у него с собой была видеокамера, и, поэтому, известно, что с ним произошло. Вообщем-то, тоже самое, что со мной. Просто, наверное, его машина стояла на десять шагов дальше, чем моя.

Фитнесс

Самый худший комплимент для девушки из Калифорнии, это сказать, что она типичная California girl.

 В представлении женского пола, это загорелая до синевы полная дура с выгоревшими на солнце волосами, которая не прочь вдарить по пиву в любое время суток и которая перекусон в Макдоналдс воспринимает, как ужин. Для нее классическая музыка – "Surfing USA." Всегда улыбается, чтобы показать не натруженные учёбой зубы. Прекрасная слушательница, ибо ни черта не знает. Но к библии относится с пиететом, хотя не открывала. Большую часть жизни проводит на пляже и на сёрфинге. Цель жизни- вот так и жить. Ну-у-у, да, фигура так себе. Ноги от затылка. Но зато дура-то набитая! На что мужики смотрят? Все мужчины- идиоты.

Для мужского пола: Девочка - нет слов!

О том, что California girl это не комплимент, я не знал. И, поэтому, когда в очередной раз посетив фитнес-центр я увидел инструктора по аэробике, то сказал ей, что она так выглядит. Она, будучи тренером-профессионалом, улыбнулась и спросила, хожу ли я на аэробику. Я ответил, что еще нет, но хочу ходить в класс, который она ведёт. Она улыбнулась еще раз, но так, мимоходом отметила, что класс женский, и если это меня не смущает, то…

Меня это очень смутило. Чтобы не смущаться, я стал в первый ряд, прямо перед ней, чтобы не смущать других. Класс, который она вела, назывался Steps. Другими словами, кладёшь перед собой невысокую подставку и в течении часа прыгаешь, как макака, то на подставку, то с неё. Даже теоретически я не могу представить, что хоть раз в жизни буду подниматься по ступенькам таким образом. Что происходило в задних рядах меня не интересовало. Знаю только, что пол дрожал от мощных прыжков мощных тел.. Не моих. И не моего.

 А я прыгал на своей подставочке и смотрел на California girl. Смотрел, как на оживший плакат с призывом, Посетите Солнечную Калифорнию. Эта California girl-тренер двигалась под музыку, иногда посматривала вниз на меня, ободряюще улыбалась, и казалось, что она вся на пружинках. От всего ее существа веяла весёлая беззаботность, радость от просто дышать и способности двигаться так, как хочешь, а не так, как доктор прописал.

В один из дней после тренировки я помогал ей складывать подставочки в угол зала. Мы разговорились. Я удивился, когда узнал, что, нет, не тому, что она замужем, такие долго в холостячках не ходят, а тому, что она работает в Институте Океанографии Скриппса[1]. Тянет на научную степень. В прошлом году целых три недели была на Галапагосских островах. Но моё замечание, что это хорошие каникулы, она, улыбнувшись, заметила, что на каникулы они с мужем поднимались на Килиманджаро. Это чтобы отметить семейный юбилей.

-На Килиманджаро? Ничего себе. Это чего, рядом с домом?

-(рассмеявшись) Да. Но не с нашим. Записались в группу, прошли акклиматизацию. Там такой сервис! Мы только ходим. А еду, палатки - несут все местные. И готовят тоже они. И палатки расставляют они. Работа эта такая у них. Каникулы- у нас! И при всем этом- мы еле доползли. Ну, все уже сложили. Спасибо. Следующий класс- в четверг, не забыли?

-Нет.

Услыхав про Килиманджаро я, по прямой ассоциации, вспомнил, почему я вообще пришёл в фитнесс-центр. Началось с работы. Вначале я удивлялся, а куда это все так торопятся после работы? Такие все семьянины и семьянинки? Я почувствовал себя слегка ущербным, ведь я ехал домой после работы. К себе домой. Но не вёл себя как герой рассказа Ю. Нагибина "Молодожены."

 Я ехал степенно, никого не подрезал на дороге, заезжал в магазин, покупал куриные ножки. Или ляжки. Если не забывал, то еще захватывал пару пакетов всякого зелёного травья и, по-прежнему степенно, ехал домой. Умеренно-спокойная семейная жизнь. А главное- никаких сюрпризов. Как это у Высоцкого, "….Возвращаюсь я с работы, рашпиль ставлю у стены, вдруг в окно порхает кто-то из постели…"

Когда я выяснил, что все едут в фитнесс-центр после работы, я записался тоже. Чего я там только не видел! Я имею в виду не всякие машины для развития даже тех мышц, которые не существуют. Я говорю об интересных типажах. Ну, например, мужчины, которые приходят явно для того, чтобы "снять" привлекательную особь женского пола. Такие парни обычно приходят в куртках для каратэ, подпоясанные черным (только!) поясом. Куртка стратегически раскрыта так, чтобы мощная грудная клетка смотрелась в ней, как в рамке. Впечатляет.

Другие набирают на штангу такой вес, что гриф штанги слегка гнется. Обычно такой вес толкают из положения лёжа. Рядом стоит другой, подстраховывает на случай если сломается или рука или штанга. При этом он достаточно громко командует: "Еще один! Класс! Еще один! Ну-у-у, давай! Давай-давай-давай! Нуууу, еще чуть-чуть, ну…еще чуточку…"

С лязгом штанга падает на опоры. Вздох облегчения проносится по залу. Слава богу, жив, не раздавило. Живой гордо посматривает по сторонам, но не явно. А то подумают, что это случайно вышло. Нет, это рутина. Обычная нагрузка. Так, для разогрева. Ну да,…

А есть еще другие, которые бросают вызов здравому смыслу на велотренажёрах, беговых дорожках treadmills, или на так называемых "stairs," имитирующих подъём в гору. К этим недоумкам принадлежу и я. Никакой гордости за принадлежность. Просто констатация факта.

Я не знаю, как в других центрах, но в нашем можно было использовать эти машины не более тридцати минут за раз. Очередь ждёт. И вот однажды на меня нашло. Я решил попробовать себя на выносливость. Это, наверное, был результат поглощения здоровенного куска сырокопчёной колбасы под многообещающим названием "Еврейская." Поглотил я ее в один присест, не отрываясь от эссе Бернарда Беренсона. И то и другое я закончил одновременно.

 Приехав в фитнесс-центр, я поговорил с одним из инструкторов, который меня уже видел пару раз и он разрешил мне использовать эту машину Climb-Master без ограничений. Народу в этот день было немного.

 Я поставил длительность-один час, уровень трудности- двенадцатый (самый высокий) и максимальную скорость, а это где-то 160 шагов в минуту. Хорошо, что никто не обращал на меня внимание. Последние двадцать минут я работал ногами, опустив голову на руки, а руки опустив на поручни. Стоять прямо я уже не мог. Кода все окончилось, то, держась за стенку, я дошел до раздевалки и осторожно и бережно опустил на скамейку то, что из себя сейчас представлял. А представлял я из себя небольшую массу, неопределённой формы, с которой ручьями стекал пот. Пульс сразу – 215. Больше я уже так себя на выносливость в этом центре не пробовал.

Через полчаса я был в состоянии подняться со скамейки и пойти в душ. Душ общий на 12 стоячих мест. Обычно никто в душе долго не задерживается. И тут я обратил внимание на одного, который стоял под душем, ничего не делая, а просто разглядывая моющихся мужчин. Просто стоял под струями воды и глядел по сторонам. Да, и, конечно, в душе все голые. Многие замечали его нездоровое поведение и спешили поскорее покинуть душевую. То же сделал и я.

Одевался я неспешно. Перед выходом ненадолго присосался к бутылке воды, съел банан (чтобы судорог в ногах не было) и, слегка распаренный, вышел на улицу. Машина была совсем рядом. Но не успел я сделать несколько шагов, как кто-то попытался обнять меня. Не обхватить, не сдавить, а именно обнять. И даже, по-моему, сделал попытку прижаться.

Несколько лет бокса в школе вдруг прорезались в мозгах. Я с ходу развернулся и мотнул левой рукой чуть выше своей головы. Судя по мгновенной резкой боли в кисти я понял, что попал. Мужчина садился на асфальт, слегка запрокинув голову. Проезжающая машина притормозила, осветив нас. Я узнал вот того самого, из душа.

-Все ОК?

-Д-д-да.

-А что с ним?

-Полез целоваться, тварь, ну я и попал в него.

-(короткий смешок) Попал, да мало. Вон, видишь, уже башкой крутит. Ладно, бывай!

В машине я сидел еще минут пятнадцать. Руки у меня дрожали. В зеркальце заднего вида я видел, как он медленно поднялся и, придерживаясь за

стенку, вошёл обратно в фитнесс-центр. Уже много
позже я пытался вспомнить, а был ли в моей "бок-
сёрской карьере" подобный удачный сайд-степ[2?].
Не вспомнил. Потому, что не было. Но разве это
можно сравнить с подъёмом на Килиманджаро?

Спустя некоторое время я вкратце рассказал об
этом случае инструктору по аэробике. Она, слегка
сморщившись,

-Да, мы знаем, что здесь бывают такие. В основном, торчат в душе. И если вы думаете, что такое
бывает только в мужском душе…, - она рассмея-
лась, - но пока вроде никаких конфронтаций не
было. Вы уж чем-то этому типу приглянулись, раз
ждал он вас на улице. Наверное, - и она опять рас-
смеялась, - есть чем.

Я еще походил на эту аэробику месяца четыре. За
это время я преподнес California girl-инструктору
карту Южного берега Крыма, которая как-то оказалась в тех вещах, которые прошли таможню в Домо-
дедово годы назад. А в последний день она пода-
рила мне огромную шоколадку,

-Вы так усердно выполняли все упражнения, что
несчастные 800 калорий вам не повредят. А за ту
карту Крыма еще раз спасибо. Может когда-нибудь
и попаду в те края. Держите себя в форме. Это помогает. Во всем.

-Спасибо. Да, вот хотел у вас спросить…

-Ну, спрашивайте, а то скоро вторая группа подой-
дёт.

-Вы же работаете в Скриппсе. И делаете диссерта-
цию. Ну, я понимаю, если бы вы просто занимались
аэробикой. Но вы же инструктор. Как же…?

-(улыбнувшись) А это все из-за Килиманджаро. Я
там сорвалась. Что-то сломала, что-то сместилось, а
кое-что и защемило. Почти полгода реабилитации.
А потом начала понемногу делать вот это все. Вы
бы посмотрели, как я это начинала. С трудом ногу
поднимала. Так что это все сейчас- постоянно дей-
ствующая терапия. Так, не поверите, за неё еще и
платят! Вот и все. Всего вам симпатичного!

А я сразу вспомнил, какой комплимент ей выдал
при встрече. И подумал, а как бы я охарактеризовал девушку, коротко подстриженную, с выгоревшими на солнце волосами, улыбчивую, смешли-
вую, очень загоревшую, энергичную, которая работает над своей кандидатской диссертацией в самом
престижном океанографическом институте мира?
Чуть не забыл- и с ногами от затылка! Сам себе
сразу ответил - California girl. И только так.

1-   Океанографический институт Скриппса (иногда называемый SIO, Scripps Oceanography или Scripps Oceanography
) в Сан-Диего, Калифорния, основанный в 1903 году, является одним из старейших и крупнейших центров океаноло-
гии и наук о Земле исследований, государственной службы,
подготовки студентов и аспирантов в мире.

Патент

В поисках работы я считал себя экспертом. Ведь меня уже два раза увольняли. А это значило, что у меня есть hands-on experience. В этой стране это ценится намного выше диплома о высоком образовании. Когда меня спрашивали, за что уволили, я с мягкой улыбкой отвечал,- Из-за Китая. Обычно на этом тема заканчивалась. Но если попадался человек, который честно не понимал откуда здесь Китай, то я отвечал, что в Китае это дешевле. И отвечал с мягкой, не совсем адекватной, улыбкой. Обычно на этом тема тоже заканчивалась.

Когда на очередном интервью я заявил, что зарплата-это не самое важное, то, глядя на интервьюера, сразу понял, что меня приняли на работу. Вот только что. Но поскольку работа предполагала близость к ядерным материалам, то пришлось пройти психологический тест. Это были вопросы. Конечно, я все не запомнил, но некоторые запечатлелись. Ну, например, *Любите ли вы смотреть на огонь?* Я ответил - *Да.* Через три страницы – вопрос, типа, *А возбуждает ли вас вид огня?* Ответил: ***Никак нет! Вообще ничего не возбуждает.***

Но был один вопрос, над которым я надолго задумался, ***Считаете ли вы себя в чем-то равным богу?*** И тут дилемма. Лгать нельзя. Сказать правду- свяжут и вывезут. Ответил - **Нет**, но сбоку приписал, **Готов обсудить.**

Заполняя многочисленные анкеты, я обратил внимание на одно из условий найма на работу, что любое моё техническое предложение, включая патенты, является собственностью компании. И вся моя жизнь начала медленно передвигаться перед моими глазами.

 Предложения? Я делал в жизни много предложений. Ну, например, "*… как насчёт нам вдвоём посидеть вечером не при свечах?...*" Или, "*…почему бы не заскочить на пару минут в загс, но не здесь, в дождь и слякоть, а, скажем, в Ялте, и в июле?...*"

 Были и не такие экстравагантные. Типа, "*…как насчёт по пиву!...*" Или, скажем, "*…я предлагаю отложить покупку мясорубки до тринадцатой зарплаты…*"

Но технических предложений я припомнить не смог. Ну, не считать же умный совет, "*…чтобы телевизор работал, я считаю, что его надо включить в сеть…*" техническим предложением? В общем, я заинтересовался.

 И оказалось, что давать технические предложения очень просто. Продумал, или не продумал - не важно. Главное, что что-то предложил начальству. А дальше- уже меня не касалось. Все равно это собственность не моя, а компании. Потом слегка прояснилась финансовая составляющая. В благодарность за увеличение собственности компания премировала автора тех. предложения деньгами. То есть, выгода была на лицо. Чем больше тех.

предложений- тем чаще внеочередные премии. Небольшие? Так я тоже не надрывался.

Я считаю, что мой подход к генерированию новых идей уникален. Как только я вижу процесс, который не понимаю, я сразу предлагаю, как сделать этот процесс иначе. Так, чтобы я его понял. И если этот новый процесс не работает, то нет проблем. Не принимайте это предложение. И все.

За несколько лет я внес в собственность компании одиннадцать тех. предложений. Семь из них мой менеджер обсуждал со мной. Два- с другими менеджерами. В результате не приняли ни одного.

Но вот однажды я попал на плановую перегрузку реактора и-как солнце из-за туч! Где-то неделю я осваивался, а потом начал потихоньку пробовать. И что-то начало получаться. То есть, какие-то тех. предложения начали не только приниматься но и внедряться. Мне это понравилось.

Я думаю, что воспринимался монтажниками, как полусумасшедший профессор из фантастических фильмов. Не хватало всклокоченной шевелюры и полу-идиотской улыбки. В какой-то мере эта нехватка компенсировалась моим железобетонным акцентом. Относились ко мне немножко с уважением, но в основном- с большой опаской.

Меня это вполне устраивало, так как если другому что-то не сошло бы с рук, то мои ляпы воспринимались, как неизбежность. Чего же ждать? Ему до рутины дела нет. Он же все время в идеях…!

И, что самое интересное- некоторые мои идеи работали даже лучше, чем я ожидал. Ну, вот так, на вскидку: уже давно вернулся я в свой инженерный отдел. Реактор уже давно "…давал стране угля… " Все вошло в норму. И в середине рабочего дня звонит мне менеджер с турбинной площадки, где я работал во время перегрузки реактора,

-Здоров! Сейчас можешь говорить?

-Пока, да.

-Мы здесь в моем офисе и нас здесь несколько человек. Ты всех знаешь. Мы хотели бы тебя поставить на спикер, не возражаешь?

-Да, нет.

-Ты можешь сейчас выйти на интернет? Буквально на пять минут. Если что- скажешь, что я попросил.

- Ну-у, если это не поиски "Невесты-по-Почте," то могу.

- К тебе бы мы с таким запросом не обратились. Это бы было слишком тривиально для тебя. Короче, вот тебе интернет адрес. Напечатай, посмотри, и мы здесь все ждём твою реакцию. Давай, время пошло!

Я напечатал адрес, открыл веб страницу какой-то компании в Техасе, и через несколько минут, вздохнув, непроизвольно, но громко сказал, все, что думаю.

-Эй, ты еще в Америке, неча свой Мама-Рашн использовать. Ты переведи, что сказал.

-Непереводимо.

-Ну, хотя бы смысл…

-Это…ну, как сказать…м-м-м-м…где-то параграф сексуальных извращений, которые я бы желал применить к этой компании в Техасе.

-(Общий громкий хохот) – Мы так и надеялись, что ты отреагируешь. Ты оправдал наши ожидания. Молодец! Иди, досыпай дальше!

Эта компания в Техасе начала свое существование месяца два назад. Ее основной и единственный продукт- это монтажное приспособление, мгновенно востребованное почти всеми электростанциями страны, Это было мое тех. предложение, которое- я и сам не могу поверить до конца - где-то процентов на 80 слепил собственноручно. И оно, при этом, работало. Эффективно. Доход компании не декларировался, но продукт продавался по цене, которую я даже представить не мог.

Все было просто. Кто-то из монтажников взял идею и с партнёром слепил компанию. А поскольку я никак не заявил свои права сразу, а просто кинул идею в массы, то массы этим и воспользовались.

Нет, никаких сожалений у меня не было. Я был горд. Ведь у меня подобных идей- как грязи в Калькутте. Это я так считал.

Спустя несколько лет еду домой после работы. Темно. До дома метров двести. И тут в мозгах что-то хрястнуло и я вдруг увидел интересную мысль. Свою. Она была настолько интересна, что я проехал знак "Стоп." Сзади полыхнули ожидаемые огни и я послушно съехал к бордюру. Все дальше было очень вежливо,

-Добрый вечер.

-Добрый.

-Ваши права, регистрацию и страховку. Пожалуйста.

-А что не так?

-(Пауза, рассматривает бумаги в свете фонарика). Вы проехали знак "Стоп" не остановившись. Вы видели знак?

-Видел.

-Почему не следуете правилам?

- Не смог.

-То есть…?

-(На одном дыхании, почти без пауз между словами). Понимаете, еду с работы, дикое расстройство желудка. Еле держусь. Мой дом вон там, четвёртый на той стороне. Извините, могу ехать? Нема уже сил. Терплю больше часа.

-Езжайте.

А идея оказалась более, чем интересной. И я в конце концов получил на нее патент. А сейчас несколько памятных моментов, связанных с этим. Во-вторых, это дорого. В-третьих, это хлопотно, В четвертых – имеешь дело с адвокатами, что само по себе нескучно. А, во-первых, зачем? Вот это самое главное.

 У меня с этим проблемы не было. Зачем? А вот потому! Захотелось. Зачесалось. И никакого отношения к " …на благо человечества…" у меня не было. А что было? В двух словах-комплекс Бонапарта. И в детском саду я был, и в музыкальной школе отметился, и трофейный "Тарзан" смотрел шесть раз. Переболел скарлатиной два раза. Женился. А патента не было. Как жить дальше? Просто. Получай патент. И ни где-нибудь в Сенегале, а в США.

И самое первое в этом деле-это быть уверенным, что к компании, где я работаю, это никак. То есть, я ни чем им не обязан. Ни материалами, ни временем, ни советами. Все моё и на кухне.

 Потом пошла рутина. Я переписывал свою блестящую идею раз сорок. Это чтобы адвокат ее принял. А он уже переписал ее так, что я ее, идею, вообще не узнал. Ну, он же должен свои деньги (то есть, сначала это были мои) отрабатывать.

Процесс тягомотный. О таких мелочах, как много денег, я вообще не говорю. Дешёвое тщеславие стоит очень дорого.

Конечно, было несколько приятных моментов. Не без этого. Ну, сначала очень положительная рецензия из MIT. Я раздулся от гордости и налился такой спесью, что два дня сам с собой не разговаривал. Не хотел снисходить. Потом глянул в зеркало и снизошёл.

Второй момент-когда получил официальный патент. Это было пару лет спустя. А когда я узнал, что тоже самое Бюро выдавало патенты Никола Тесла, то сидел, ходил, спал, и ел на облаке. Правда у Теслы было в 200 раз больше патентов, чем у меня, но кто здесь считает…

И мой звёздный момент, когда одна инвестиционная компания в Нью-Йорке выразила желание лично встретиться с автором этого патента. То есть, со мной.

Я прибыл в их офис на одном из тридцатых этажей в Манхеттене и провёл слайд-презентацию. В конференц-зале присутствовало несколько человек. Задавали вопросы. А потом,

-Очень любопытная идея. И, судя по всему, перспективная. Вы единственный автор?

-(Втянув живот и выпятив то, что выше его), Да.

-А прототип устройства у Вас есть?

-(Выпустив живот обратно и опустив вниз то, что было выше него), Нет. Но у меня все расписано и я…

-Да, мы слыхали. А скажите, как по Вашему, какие шансы на успех у Вашей идеи? Я имею в виду ее индустриальное применение.

-Ну-у, это для применения на кораблях, подводных лодках, самолётах, и…

-Да-да, помним. Но все-таки, какие шансы на успех?

-Я считаю, где-то процентов 70. Есть несколько моментов, которые я пока не могу проверить из-за отсутствия базы. В гараже это не пройдет.

Пауза. Несколько затянутая. Переглядывание с коллегами за столом,

-Да…Вы-честный человек. Обычно говорят 90-95 процентов. Вот если бы Вы сказали хотя бы 75 процентов, то на этот риск мы бы пошли. А 70 процентов успеха, и это говорит автор идеи, мало для инвестиций. Очень жаль, так как идея действительно очень необычная. Как только будет прототип- дайте сразу нам знать. Еще раз- очень жаль.

Прошли годы. Красивый сертификат патента с моей фамилией висит   у меня в комнате. Недавно срок моего владения патентом истёк и он стал собственностью мира. Собственностью мира,с а не какой-то компании. Вот это я бы назвал достижением. Своим, естественно.

.

С ответным визитом

"…В Москву по приглашению ЦК КПСС с ответным визитом прибывает Председатель народного фронта освобождения ВСЕГО ЧЕГО УГОДНО…"

Все, кто хотя бы месяц жил при советской власти, знают, что подобного рода заявления появлялись в "Правде" почти ежедневно. Я жил при советской власти больше, чем месяц. И совсем недавно меня посетил мой приятель. Через два дня после его отъезда я ему намекнул, что законы гостеприимства требуют, чтобы он пригласил меня посетить его с ответным визитом. Намекнул четыре раза в течение одного дня.

-А чего ты мне об этом не сказал, когда я был у тебя?

-Не хотел портить настроение.

-О, ты такой заботливый!

-Я _себе_ не хотел портить настроение. Представил твою кислую физиономию (чуть не вырвалось-лицо). Короче, я к тебе приеду через месяц. Номер рейса сооб…

-Так я же еще не дал согласие!

-Кто здесь говорит о согласии? Я тебя информи-
рую. То есть, намекаю, что через месяц у тебя
начнётся другая жизнь. Очень ненадолго.

-Это называется "брать нахрапом."

 -Ты хочешь сказать, что ты не рад?

-Нет слов.

-Твой тон меня устраивает. Да, чуть не забыл. За-
пиши, *что* я люблю на завтрак, *что* на обед, и *что*
на ужин. Я не хочу сюрпризов в виде жареной со-
сиски в собственном соку или соле..

-Вот с этим проблем не будет. У соседей на балконе два ящика консервов для их кота. Они люди
добрые. Вообщем , дай знать номер рейса. И, если
не секрет, на сколько ты собираешься приехать?

-Да-а, тактом ты не обладаешь. Ты бы еще спросил,
а кто будет платить за еду?

-Между прочим, это важн…

-Узнаешь при встрече. Это сюрприз!

За несколько дней до отъезда я сообщил ему номер
рейса. Подчеркнул, что это авиарейс и я не буду
огибать мыс Горн на круизном монстре. Так что,
встречай меня не в порту, а в аэропорту имени
Джона Кеннеди.

  В обозначенный день и час я прилетел в указан-
ный аэропорт.

***…В аэропорту высокого гостя встречали то-
варищи Брежнев, Косыгин, Суслов, Пономарев,***

Пельше, Черненко, Андропов, Добрыня Никитич, Алеша Попович, Плач Ярославны… (и еще три строчки через запятую)… и другие официальные лица…

Все, кто хотя бы месяц жил при советской власти, знают, что подобного рода заявления появлялись в "Правде" почти ежедневно.

Меня никто не встретил. Из самолёта уже вышли стюардессы, вышли пилоты. Уже пришли уборщики и начали мыть полы. Я сел в кресло в пустом зальчике перед дверью на посадку и задумался. Конечно, может быть много причин, почему меня не встречают. Ну, например, самая простая-передумали приглашать. Эту причину я не мог допустить даже теоретически. Передумали приглашать меня? Они чего, не понимают, кто приезжает? А может быть, слишком хорошо понимают?

Прошло полчаса. Я уже подумывал о том, чтобы взять такси и устроить ему сюрприз. В смысле, чтобы он расплатился за поездку. Но врожденное чувство справедливости и интеллигентности не позволило мне это сделать. Ну, не виноват он. Чего ожидать от человека, который начинает завтрак с обеда? И два раза в месяц ест говяжий язык под хреном и закусывает конфетами "Prince Polo"? И тут он появился.

-Чего ты тут сидишь? Боишься солнечного света?

-Все сказал? А вот чего это ты решил гулять по терминалу, когда все работают? И сколько можно ждать? Тебя чего, выпустили под залог? Ты же знал номер моего рей…

-Все нормальные люди, я подчёркиваю, нормальные, встречаются у багажного конвейера. Я посмотрел на табло, а твоего рейса нет на нем. И я
ждал…

-Где? У себя дома?

-Нет, в машине, на парковке.

- Все нормальные люди, я подчёркиваю, нормальные, обращаются в справочное бюро и выяс-
няют…

-Так это же надо по-английски, а я…

-Ладно, диагноз я тебе поставил уже давно. Дви-
гаем отсюда.

-У тебя багаж есть?

-Есть. Контейнер. Идёт морем. Получишь в феврале. Наложенным платежом.

-Ну, вот я теперь точно знаю, что ты уже приехал.
Во всех смыслах.

***…Сегодня в Кремле в честь Очередного был дан
торжественный обед, от которого ранее отказался Предыдущий…***

Его квартира произвела на меня неплохое впечатление. Небольшая, но не жмет в плечах. Конечно, я
был приятно удивлен, когда увидел на столе букет
цветов,

-Ну, ты даёшь! Такие только Индире Ганди вру-
чали.

-Не вибрируй, это не тебе!

Будучи от природы очень интеллигентным и не менее тактичным, я не задал естественный вопрос. Я его задал через 43 секунды,

- А кому?

-Тебе я приготовил борщ. Так ты что будешь, борщ или букет?

Борщ его научила готовить его мама. И действительно, борщ у него получался. Настоящий, не диетический с манной крупой и сельдереем вместо говядины. Поэтому, ни секунды не колеблясь, я выбрал борщ.

-Я наготовил целую кастрюляку к твоему приезду, - и он с гордостью показал мне кастрюльку размером с армейский котелок.

-Не понял. Если это моя порция на сегодня, то это мало. Если это то, что ты оставил себе- меня это устраивает. Но если это на нас двоих на месяц…

-Как?! Ты приехал на месяц?!

-Понимаю, как ты разочарован. На больше не могу- на работе будут недовольны. И, вообще, я могу , наконец, погрузиться в еду? Ты будешь разливать или будем из котелка, как в окопе?

-На месяц! Я себе и представить не мог такое.

-Правильно, не представляй. Послезавтра отвезешь в аэропорт.

Когда борщ был разлит по тарелкам, он достал из небольшого буфета бутылку коньяка,

- Специально к твоему приезду. Купил в специализированном русском винном магазине здесь у нас.

Они сказали, что это коньяк очень хорошей выдержки и что…

-Только не говори, что этот коньяк у твоего пра-пра-дедушки оставили французские офицеры, когда Наполеон отступал из Москвы. Обычный коньяк , три звездочки. Две- дорисовали.

 -Ладно, за приезд!

Через пару минут, я,

-Слушай, давай поменяемся тарелками. У тебя, по-моему, больше мяса.

-Давай меняться, потому что это кость торчит. Передумал?

-Нет, просто моя мама мне всегда говорила, что даренному коню не давай по зубам,…. Или что-то в этом роде.

Потом был десерт, представленный зефиром в шоколаде- три штуки, конфетами “Коровка”- маленький кулёчек, коробка мармелада- запечатанная, и какая-то разваренная пастила. Но борщ был отличный, мяса он мне не пожалел (это же первый день!) и я чувствовал себя, по выражению Шолом-Алейхема, …как у отца на винограднике…

Мы говорили обо всем. Я имею в виду обо всем, что происходит в его личной жизни. Ему самому это было интереснее, чем политические миазмы, которым нет конца. Он начинал фразу, я подхватывал тему и где-то минут через сорок вежливо осведомлялся, типа, Ты меня правильно понял?

Это было то, что я хотел: свободно текущий монолог, легко меняющий тему и направление, вкусная еда. И собеседник, вернее, слушатель, никогда не перебивающий. Пусть бы только попробовал!

Другая тема, которая его интересовала не меньше, чем его же личная жизнь, были странные и необъяснимые явления. Это включало НЛО, пирамиды в Крыму, особенности горы Калас, находки в Сахаре, прото-люди высотой в несколько метров, Зохар, дневники Рериха, Тунгусский метеорит, записки Миддендорфа, Стоунхендж, пустыни Чили, американцы на Луне, вернее, их отсутствие, секретные немецкие базы в Антарктике, и подземные города Южной Америки. Он действительно много знал по этим темам.

  Я с ним спорил. Мои аргументы были в стиле косного преподавателя марксизма-ленинизма в Институте Красной Профессуры.

Я периодически заправлялся сервелатом, который он предусмотрительно достал из холодильника, когда я уже наелся под ободок. Но для сервелата у меня всегда оставалось место.

-Так, уже поздно. Спать ты будешь здесь,- и он указал на маленький диванчик, который мог бы спокойно уместиться в первом советском искусственном спутнике. Я задаю идиотский вопрос,

-А ты где?

-Как где? В спальне у себя.

--Я посмотреть могу на эту опочивальню?

-А чего там смотреть? Иди, смотри.

Действительно, смотреть особо было не на что. Всю комнату занимала кровать. То есть, в неё

можно было упасть прямо от порога. На стене телевизор. Под потолком над изголовьем кровати-ма-
ленькая панда. А, ну да, и, конечно, как без большого зеркала? Впрочем, а что нужно в спальне? Он
тогда жил один и, поэтому, никаких предметов ,
ассоциированных с женским полом в спальне не
было.

-А где у тебя хоть одна книга?

-Книжные полки рядом с твоим диванчиком. Бери,
что нравится.

-Насовсем?

-Тебя никуда нельзя брать. Сраму наберёшься.

-Насчёт срама, кстати. Вот если бы эта панда могла
говорить о том, что она видела…

-Не дай бог!

Книг было много и, в основном, на исторические
темы, археологические открытия, немного о НЛО,
и целая серия книг В. Мегре, посвящённых Анаста-
сии- девушке, что жила в лесу, понимала язык птиц,
предсказывала будущее и подобное. В то время эта
серия книг была популярна и на Западе тоже.

Спал я тревожно. Мне почему-то снилась маленькая панда. Она смотрела на меня с укоризной, ка-
чала своей головкой, и ее ушки становились пур-
пурными.

Завтрак был разгрузочным. В смысле калорий.
Другими словами, после завтрака я встал из-за
стола с лёгким ощущением голода. Ну, как и сове-
туют диетологи. Потом мы смотрели старые фото
и удивлялись, а почему мы так изменились.

Пока он ненадолго вышел из кухни, я попытался дотянуться до верхней полки в буфете. Не удалось. Пришлось стать на стул. На самой верхней полке, в самом ее дальнем углу, лежали две коробки конфет. Я предусмотрительно взял одну, но не открыл. Потом полез в холодильник и нашел пять сортов сухой колбасы. Я их демонстративно выложил на столе, не разворачивая.

-Ты, чего, ждёшь еще гостей?

-Нет, это для тебя. Но не все же сразу.

-Почему?

-Это мне тебе сложно объяснить. Так, в какой музей ты хочешь?

И я, как чувствовал, захотел посмотреть World Trade Center. Очень впечатлило. Великая страна и великие люди, что все это построили. И как легко оказалось это уничтожить. Потом мы посетили самые знаменитые мосты, мозаику Шагала, памятник морским пехотинцам, и еще много-много всякого. Возвращались уже в темноте. Вдруг он притормозил,

-Видишь, вон чудак сидит на скамейке?

-Ну?

-Сядь рядом, и я вас щелкну. Со вспышкой.

-Не укусил. Это что, твой деверь, тесть, или охранник на твоей парковке? С каких дел я буду рядом с ним садиться? Еще вдруг он меня поцелует! У вас все можно ожидать. Как и у нас, впрочем.

-Заглохни, наконец, и иди сядь рядом. Я тебе дам
доллар.

Я подошёл к скамейке и увидел, что это скульптура клерка, который сидит на скамейке и что-то
ищет в своём чемоданчике. Такой типичный житель
города, один из миллионов бессловесных. Хоро-
шая скульптура. И он нас щёлкнул, сидящих в об-
нимку. И я- с улыбкой кретина, который ловит
рыбу в бачке в туалете.

А дома опять был борщ и все вкусности, которые
я обнаружил утром, кроме коробки конфет, которые
он убрал обратно в шкаф на самую верхнюю
полку,

-Тебе нельзя столько сладкого. И конфеты пересох-
нут. Сгущенку хочешь?

Перед сном мы много говорили о Петре Первом.
Вернее, он сказал, что есть доказательства, что
Петра в Голландии подменили. Мол, он вернулся и
ростом меньше, и говорил по-русски с акцентом и,
вообще, ввел столько новшеств в России, что ни
один нормальный русский царь этого бы не делал.
Типичная голландская практичность.

  Я же, из чувства противоречия и "полностью от
фонаря," утверждал, что Пётр Первый был еврей,
что его имя было Пинхас, фамилия-Рыжкин и, как
любой еврей, он был предприимчивым и радикаль-
ным. Ну, типа Цукерберга. Когда я закончил свою
речь, хозяин квартиры настойчиво предложил мне
тайленол. Или аспирин. На выбор. Потому, что у
меня явно горячечный бред. Вместо аспирина я
выбрал палтус холодного копчения. И это меня

успокоило. Не могу того же сказать о хозяине квартиры.

 Потом мы опять смотрели старые фото и уже не
удивлялись, а почему мы так изменились.

***…Утром из Москвы на родину вылетел гостив-
ший по приглашению ЦК КПСС министр атом-
ной энергетики Папуа Новой Гвинеи…В аэропорту высокого гостя провожали товарищи
Брежнев, Косыгин, Андропов, Суслов, Шевард-
надзе, Алиев, Васечкин, Барт Симпсон, Алиса в
Стране Чудес, и другие официальные лица.***

Мы приехали утром в правильный аэропорт и в
правильное время. Я сказал "Спасибо" за тёплый
приём, особо похвалил борщ, негативно отозвался
о диванчике, от спанья на котором я утром выглядел как крендель, но в целом охарактеризовал визит, как плодотворный, служащий укреплению доб-
рососедских связей и выразил надежду на односторонний товарообмен.

-Что значит "односторонний товарообмен?" Такого
не может быть.

-Может. Ты мне посылаешь, то, что я прошу.

-А где же здесь обмен?

-Ну, как же! Ты мне- железную руду. А я тебе- со-
брание сочинений Л.И. Брежнева на узбекском
языке. Ты, чего, вообще газет не читаешь? Вот
так оно в действительности и происх…

-Та что мне с этого? Ну, я , скажем, тебе пошлю
балык байкальского омуля, а ты мне что?

-А я тебе- Спасибо. На поздравительной открытке, посвящённой бар-мицве. И в конверте. Разве человеческое слово уже ничего не стоит?

Мы посмеялись, попрощались, и он проводил меня к самому выходу к самолёту. Я понимаю так, чтобы быть уверенным, что я, наконец, улетел.

Все шесть часов полёта я вспоминал свой визит и понимал, что как хорошо, когда знаешь, где можно поесть настоящий борщ и финский сервелат. Безвозмездно.   Даже если приходится спать калачиком на диванчике при входе.

И, кстати, доллар за фото со скульптурой клерка я не получил.

-

-

Звуки музыки

Как-то в перерыв я вышел за пределы здания компании. Было обычно. То есть жарко, душно, влажно, и потно. Судя по всему ветер недавно отменили. Задавать себе вопрос, а как здесь люди выживали без кондиционера, я перестал давно. Вопрос риторический. Послонявшись недалеко от входа,-а это потому, что некоторые порывы воздуха от кондиционера вырывались наружу, - я уже хотел заходить в рай обратно, и тут увидел.

Неподалёку, из одноэтажного ресторана молодой парень выкатил прямо на тротуар старое фортепиано. Ну, думаю, или переезжают или ремонт. А парень, слегка наклонившись, начал играть. Играл он легко, как-бы походя. Играл здорово. Начал собираться народ. Вскоре народ начал приплясывать, все улыбались, какое-то совершенно не будничное настроение. И я вдруг почувствовал, что начинаю невольно улыбаться. И слегка подёргиваться в ритме.

А парень играл вот ту самую музыку, которую мы так хорошо помним по немым фильмам двадцатых годов. Лёгкую, беззаботную, слегка бесшабашную, и ну совсем чуть-чуть упрощённую. Традиционный диксиленд. Музыка, которую могу слушать днями. И, похоже, не я один. А парень явно знал, что

делает. Совершенно не тормозя, без малейшего дис-
сонанса, он перешёл на буги-вуги.

Я не могу представить, скажем, что во время исполнения арии Марфы из оперы Н. Римского-Корсакова "Царская невеста," кто-либо в партере начнёт
подтягивать вместе с исполнительницей. Точно
также мне сложно представить, что можно спокойно
просматривать раздел Finance в *New York Times,* когда рядом звуч…нет, это не *звучит*, это перманент-
ный взрыв, - буги-вуги.

Сложно объяснить, что так привлекает. Ведь ле-
вая рука пианиста практически не движется, повто-
ряя одно и то же на басах. А правая рука ходит,
как кот сам по себе, куда угодно. А вместе получа-
ется то, что заставляет людей разного возраста реагировать на эту музыку так, как эта музыка хочет.
Невозможно слушать и видеть как играют буги-
и быть в плохом настроении. Слушать- здорово, но
если еще и видеть, как играют. А если еще и тан-
цуют при этом…Эликсир энергии.

В доме напротив играющего парня открылись
окна. Это несмотря на удушающую жару. Наши
сотрудники, возвращающиеся с ланча в ближай-
шем городском кафе, сгрудились у входа. Проез-
жающие машины притормаживали насколько
можно, открывали закондиционированные окна,
приветственно гудели. И, что нетипично, никто не
оставлял деньги на тротуаре, никто не кидал их в
шляпу. Шляпы не было. Ведь это было не для за-
работка. Все это видели. Это было вот так, просто
так. Вот потому, что настроение. Потому, что захотел поделиться. И ничего не прося взамен.

Уверен, что этот пианист бы оскорбился, если бы кто-то предложил ему деньги.

Время возвращаться на работу. Поднимаюсь в лифте на свой этаж. В лифте человек десять. После ланча. И все улыбаются. Не лыбятсыа, а улыба- ются. Так, слегка, а не зубы нараспашку. Как будто вспомнили что-то приятное, не забытое, а так, из- за рутины дел, где-то сидящее на задворках. Но вот, напомнили…И никто ничего не говорит, ибо все на одной волне. Волна короткая. Через два- дцать секунд – “…снова туда, где море огней…”

И по какой-то, совершенно непонятной причине, так как прямой аналогии я не вижу, мне вдруг вспомнился эпизод, происшедший не так давно.

Наш типичный блиц- выезд на два-три дня в жар- кую пустыню. Есть жаркие пустыни, а есть очень жаркие пустыни. Так как я взял в эту поездку жену, то, не будучи от природы садистом, мы поехали в просто жаркую пустыню. Ну, это где средняя дневная температура где-то всего на градусов 15- 20 выше, чем максимальная температура днём на нашей улице. В августе.

-Если бы ты мне сказал до свадьбы, что твои предки это берберы, то свадьбы не было бы. Жить возле океана, но на выходные переться в пустыню. В августе. В пекло! Никто не поверит!

-Берберы? Да если бы у меня предки были берберы, то был бы у меня   с собой переносной гарем. Прямо здесь. И сегодня, в пятницу, *Любимая Жена на Пятницу* подносила бы мне ледяной шербет и…

-Гарем? Поговори мне еще!

Шестичасовая поездка успокоила не разгоревшиеся страсти. Шоссе было пустынным и это усыпляло как водителя, так и пассажирку. Несколько раз мы останавливались. Она - чтобы щёлкнуть дымящееся марево и необычный отсвет на горизонте. Я…ну-у-у, скажем так…тоже походил недалеко от машины. Ненадолго и совсем рядом. По этому поводу,

-Ну, ты бы хоть за машину зашёл. Стоишь на виду всего хайвея.

-Ты за последние пару часов хоть одну куницу или соболя здесь видела? Может дама в меховом манто голосует на обочине? Или, хотя бы, выхухоль?

-Причём тут выхухоль в манто? Здесь соболь? Здесь до горизонта никого уже лет пять не было!

-Вот и я об этом.

Озеро. к которому мы подъехали, очень солёное. И большое. Почти пятьдесят километров в длину. Пейзаж лунный. После дня в машине я, не зная об особенностях этого озера, решил освежиться. Будучи нормальным человеком, моя жена отказалась. При входе в воду я чуть не порезал ноги об острые гребни из соли на дне. Вода пахла странно, очень мутная. Свежести я не получил. Но получил шестиминутный комментарий от жены. Заслуженный.

 Все моё тело покрылось какими-то слегка оранжевыми налётами. Так как душ был только дома, то пришлось использовать, по выражению известного комика, …поливание из кружки сверху…. Кружка наполнялась из одной из трех бутылок с водой.

Слегка оранжевые налёты ушли. Ощущение свежести не появилось. Моя жена проявила гуманность и от комментариев воздержалась. Когда она не видела, я подошёл к озеру и плюнул в то, что должно было бы быть водой. Появилось забытое ощущение свежести.

Стемнело и надо было остановиться на ночь. Мы нашли небольшое место недалеко от берега. Буквально в тридцати метрах от нашей палатки расположилась группа человек из восьми. Мужчины и женщины. Мы разогрели на переносной печке небольшой ужин и хотели уже отойти ко сну. Ну да, хотеть не вредно.

Один из той группы начал ездить на багги[1] взад-вперед где-то в пяти шагах от входа в нашу палатку. Было около одиннадцати вечера. Ну, мы думали, что чуть поездит и все. Ага. Это мы так думали. Но не он. Вперёд метров сто и сразу обратно. Вперёд метров сто и сразу обратно. И без передыху. Как на контракте. Багги небольшой, но звук от него, особенно в тишине пустынного места - как карьерный груженный БелАз на подъёме.

Я вышел из палатки и, когда он поравнялся со мной,

-Извините, но не могли бы вы ездить чуть подальше от нашей палатки. Или ездите в другую сторону. Уже после двенадцати. Заснуть невозможно. Шумно.

Он молча выслушал меня и поехал дальше. Вперёд метров сто и сразу обратно. Вперёд метров сто и сразу обратно. И без передыху. Как на контракте. Не отклоняясь от проделанной им в песке колеи даже на полфута. И, естественно, с включёнными фарами.

Моя жена,

-Слушай, давай мотать отсюда. Это сборище идио- тов. Смотри, они и не собираются спать. Игрища в самом разгаре.

В душе я был с ней согласен, но из-за врождённого чувства противоречия,

-Ты чего, шутишь? Сейчас, почти в час ночи ехать? Куда? До ближайшего городка часа полтора езды. И это после дня в дороге?

-Но заснуть же невозможно. Какой, к чертям, от- дых?

Прошло минут двадцать. Все то же. Тарахтение мотора не удалилось, не уменьшилось. Честно го- воря, такое хамство я встречал только там, где мы жили. В городе. Когда до начала второго ночи не остывает приторно- сладкая музыка мариаччи на полную громкость на три квартала. Я думаю, это в наказание. За что? Не важно! За все.

Я почувствовал, что внутренний тормоз во мне лопнул. Я выбрался из палатки, достал из багаж- ника бейсбольную биту, и, держа ее за спиной, стал прямо на пути этого выродка. Он подъехал почти вплотную и притормозил. Я,

- Я же вас просил, или ехать подальше или до утра дать передых. Ни я ни моя жена не можем уснуть. Вы чего- издеваетесь?

Он смотрит на меня. Молчит.

Я видел его глаза очень близко. Белёсые, без малейшего выражения понимания, внимания, вообще чего-нибудь. Как дно в мусорном ящике. Он смотрел на меня. Я смотрел на него. Потом я чуть сдвинулся, давая ему проехать. Он проехал, притормозил, оглянулся на меня. И когда я заползал в палатку, то услыхал сказанное метров за тридцать от нас. Сказанное громко и слегка заплетающимся языком,

-Ну, все, погуляли. Будем сворачиваться. Вот те, двое, в той палатке. Какие-то бешеные японцы. Еще покромсают нас ночью своими сакурами для харакири. Чего от япошек ждать?

И наступила тишина.

Вот так, как-то странно, всплыл в памяти этот эпизод. И да, вроде никакой прямой ассоциации нет. И все же, наверное, не случайно…

Остаётся добавить, что город, где молодой парень играл на фортепиано на улице, это родоначальник этой музыки. И не только этой. Это, наверное, самый музыкальный город в стране. Там такими выступлениями на улице не удивишь. Что удивляло- пианист был белым. Большинство зрителей- черными. Отец этого парня был окружным прокурором этого знаменитого на весь мир города в течении нескольких лет.

А, ну да, чуть не забыл главное. Звали этого белого талантливого парня- Гарри Конник[2]. Вот тот самый.

И мы- не японцы.

1- небольшой лёгкий автомобиль высокой проходимости для езды по бездорожью

2- **Гарри Конник** - американский актёр, певец, джазовый пианист, автор песен и композиций.

А что такое буги-вуги – лучше раз послушать, чем много читать.

Посвящается К.Ш.

Котелок

Когда мы приходили на ланч и рассаживались за тремя столиками, то становилось очевидно, почему нас называли мини-ООН. Два индуса, китаец, гуамец, кубинец, португалец, иранец, американский еврей, и я. Язык общения- совершенно искусственный. Американские коллеги утверждали, что наш язык очень напоминает утро в джунглях. И, да, к английскому эта оратория никакого отношения не имеет.

 В разговоре доминировали индусы. Они говорили очень громко, очень быстро, и, немного яростно. Их предпочитали слушать. Вставить свое было практически невозможно. Вот когда они умолкали, тогда можно было что-то обсудить. Но к этому времени ланч обычно заканчивался. Я могу припомнить только два случая, когда эти два индуса позволили кому-то что-то сказать.

 В обеих случаях это были происшествия с иранцем. Он постоянно попадал в какие-то немыслимые ситуации. Ну, вот, едет он утром на работу, останавливается на красный свет. Подходят две школьницы с ранцами, просят подбросить до автобусной остановки. Как всякий нормальный человек, иранец соглашается и девочки садятся на заднее сидение.

Буквально через пару минут иранцу приставляют нож к сонной артерии и требуют вытряхнуться из машины. Он выходит, школьницы уезжают в его машине.

   А еще один случай с ним же: забирает машину из ремонта, едет на работу, а ему сигналят все время. Оказывается, в мастерской забыли завинтить какую-то деталь, она вывалилась из машины, царапает асфальт и он едет весь в искрах. Этим ситуациям наши индусы ничего не могли противопоставить и просто сидели и слушали. Но такое было крайне редко.

Мы составляли небольшую часть большого отдела, который занимался термо-гидравлическим анализом активных зон ядерных реакторов. Все, кого я знал в нашем отделе, были отличными инженерами. У каждого была своя специфическая задача, но ланч нас объединял. Но оказалось, что было еще нечто, что , как общий знаменатель, держало нашу группу вместе.

Один из группы как-то предложил собраться на выходные в его доме. Дом был большой и мы его сразу окрестили Castello di Lindmann. А, ну да, владельца фамилия Линдманн. Обстановка была очень неформальная. Жена владельца, Лорин, приготовила вкусные сэндвичи. Выбор напитков был достаточно широк. Разговоры велись на самые разные темы. И тут зазвучала музыка. Классическая. Звучала тема из сюиты Н. Римского-Корсакова, Шехерезада.

Я ее слышал много раз до этого. Не уверен, что остальные были с ней знакомы. Я повернулся к сидящему рядом иранцу. Хотел спросить его впечатление. И тут заметил, что его глаза полны слез. А шла как раз тема прекрасной султанши Шехерезады. Наверное, более восточную мелодию вообще тяжело представить.

-Аршад, нравиться мелодия?

-Кем надо быть, чтобы не нравилось! Это наша душа. Надо чувствовать свой народ, чтобы так написать!

-Аршад, это написал русский композитор, морской офицер. Не веришь? Вон, спроси Лорин, пусть тебе пластинку покажет.

Подошёл хозяин дома, Кевин.

-Кевин, слышь, покажи Аршаду пластинку. Он считает, что композитор из Ирана.

Кевин рассмеялся,

-Аршад, не слушай его. У него все в мире сделали русские. И паровоз они сделали первые, и радио тоже. Он тебе еще не навешал лапши, что Тегеран по-русски означает Большая Деревня?

Потом пошли ноктюрны Шопена, Дебюсси, конечно же, Чайковский. Прекрасный вечер получился. И уже на следующую неделю количество гостей в доме Кевина удвоилось. Пришли с жёнами. Мы полностью полагались на вкус Кевина. Он был членом Нью-Йоркского Симфонического Общества и все время получал оттуда пластинки с классикой., Именно, пластинки, а не DVD. Оказалось, что звук с пластинок более мягкий, более, скажем так, человеческий. Хотя по качеству DVD, конечно, выше.

Слухи о наших музыкальных посиделках распространились на весь отдел. Вечера в Castello di Lindmann стали естественной частью культурной жизни в нашем небольшом городке. Принесли однажды и гитару. Музыка кантри совершенно органично слушалась после, скажем, увертюры к *Севильскому цирюльнику.* Майк, любитель и исполнитель кантри, как-то обратился ко мне,

-Умеешь на чем-нибудь играть?

-Нет.

Тут, очень удачно, моя жена,

-Как, нет? А кто на гитаре бренчал, когда не давал мне по улице пройти? Или это, как в Сирано де Бержерак, кто-то наёмный играл? Если бы я знала, что…

-Да не умею я играть на гитаре. Так, пару аккордов. Да и то, это все на семиструнке, а здесь шестиструнная. Вообщем, я…

-Ну, спой, светик, не стыдись!

Подошёл гуамец,

- Давай, чего ты стесняешься? Все свои!

Естественно, меня сделали центром внимания. Отнекиваться уже было неудобно.

-Майк, но мне надо будет перестроить твою гитару на семиструнку. Ты не против?

-Конечно, нет. Не видел еще как играют на семиструнной.

-Майк, играют пальцами. И семиструнка еще называетсыа цыганской гитарой. Да и не играю я, а чуть
аккомпанирую себе.

Майк, совершенно справедливо,

- Так а я что делаю, когда кантри исполняю? Тоже
аккомпанемент. Нормально. Давай, не тяни!

Я перестроил гитару под себя, использовав старый
метод. Метод называется **капитан**. То есть, берутся
начальные звуки известной песни, "…Капитан, капитан, улыбнитесь. Ведь улыбка-это флаг ко-
рабля…" из фильма *Дети капитана Гранта*. По
этим трём начальным звукам в унисон настраива-
ются три струны. Никаких камертонов не нужно.
Все, как в полевых условиях.

Я (жене, шёпотом),

-Ну, все, опозорила перед всеми. Что я буду испол-
нять? Хоть полсекунды думала, когда предлагала?

И тут она меня удивила,

- Давай им Высоцкого!

-Ты чего? Не выспалась? Высоцкого? Что, в переводе на хинди? Или фарси?

-Давай, будет хорошо. Публика ждёт, будь смелей,
акробат!

И я начал своё дилетантское воспроизведение клас-
сики семидесятых годов прошлого века. Аудитория-
мини- ООН. И я даже ничего еще не выпил.

Начал я со *Штрафных батальонов*. Я не ожидал
реакцию. Комната молчала. Ко мне подошёл индус.

-Ты чего, Дилип? Что-то не так?

Он мотнул головой. Потом, чего я совсем не ожидал, пожал мне руку и снова отошёл в сторону. И все это молча, безо всяких комментарий. Это было больше, чем необычно. А я даже не сказал, о чем эта песня. Потом промучил пару альпинистских и закончил песней *Охота на волков*.

Всем явно понравилось. Расспрашивали, кто автор. К слову сказать, никто никак не прокомментировал качество исполнения. Я понимаю так, что просто не хватало слов. И самое любопытное было то, что ни один человек не спросил, так о чем эти песни.

Общее мнение, я думаю, высказал Кевин,

-Знаешь, редкий случай, но понимаешь смысл без слов. Я не знаю, как называлась та, что ты исполнил первой. Что-то она такое поднимает, что сложно описать. Какое-то бесшабашное мужество. Какое-то, я б сказал, наплевательское бесстрашие. Когда понимаешь, что есть только один выход.

Потом помолчал и добавил,

-Когда есть один выход, из которого нет выхода. Как в вестернах.

-Кевин, сказать тебе о чем та песня?

Подошло еще несколько человек.

-Ну, если хочешь. Я же тебе сказал, что почувство-вал. Слова уже второстепенны.

Я рассказал о чем *Штрафные батальоны*. Меня выслушали с интересом, не перебивая. Но я почувствовал, что это объяснение было лишним. Когда уже все расходились, в дверях ко мне обратился Дилип,

- То была песня про гурхов[1], самых смелых солдат в мире. Спасибо.

-Да нет же, Дилип. Я только что рассказал про кого та песня. Про солдат, которых направляют на самые опас…

Дилип вдруг улыбнулся,

-А Кевин таки прав. У тебя все всегда про русских, какие они. Самые-самые!

- Так автор песни русский. При чем тут гурхи?

Тут, кстати, моя жена,

- Дилип прав! Это про мужественных и отчаянных гурхов. А также про всех мужественных людей в мире, которые знают, что будет, но все равно, идут. Согласен, Дилип?

Индус улыбнулся,

-Умная жена- подарок богов!

Я был не согласен, но кто будет спорить с богами?

 Больше мне не пришлось играть в Castello di Lindmann на гитаре. Не потому, что не хотел, а потому что не просили. Комментарий моей жены, Голос у тебя какой-то дребезжащий! я комментировать не буду. Правда, она это высказала, когда мы уже ехали домой, так что мой общественный имидж не пострадал.

 Приближалась очередная суббота и мы, уже по традиции, собирались прийти на домашний симфонический концерт, когда мне пришлось срочно выехать на объект.

 Странная погода была в тот день. Дикая влажность и безветренно. До объекта оставалось с десяток миль, когда все началось. Во-первых, как ниоткуда появились совершенно черные облака. Они неслись с бешеной скоростью где-то на уровне верхушек деревьев. А потом заревел ветер и полилась вода. Видимость упала до нуля. Я сбросил скорость до двадцати миль в час, но машину просто сдвигало с дороги.

 Какие-то черные обрывки, не то тряпки, не то куски кровли неслись навстречу. Начали бить молнии. Это продолжалось минут пятнадцать. И вдруг, как на сцене, не утих, а полностью пропал ураганный ветер, небо стало как в детской сказке, и все, что было мокрое-так это только моя машина. Как внутри так и снаружи. Да, я не закрыл окна.

Когда я, наконец, прибыл на объект, все, начиная от охранников при въезде и кончая руководством объекта смотрели на меня, как на идиота, который решил поиграть в гольф на минном поле.

-Вы что, не слыхали, что идёт мощный торнадо? Мы обзвонили всех, кто на второй смене, чтобы не думали выезжать из дому.

-Торнадо? Понятия не имел. Да, потрусило по дороге хорошо, внутри все мокрое. Как дурак, окна не закрыл и…

-Это ваше счастье, что не закрыли. Если окна были бы закрыты-вас бы сейчас здесь не было. Сдуло бы с дороги. Или потянуло бы вверх. А так, выровнялось давление внутри машины и обошлось.

Я позвонил домой, сказал, что попал в центр урагана, что вокруг дикие разрушения, но я в порядке. Моя жена не выразила ни малейшего сочувствия, отметив, что это было торнадо, а не ураган, что разрушено всего несколько сараев и что центр торнадо находился где-то в десяти милях от дороги, где я ехал. Под конец монолога я в очередной раз узнал, что ее мама была права в отношении меня и что…

-Ты сможешь успеть на посиделки у Кевина завтра вечером?

-Нет. Иди сама, потом расскажешь.

 Она мне потом рассказала об уникальном исполнении народной мелодии на носовой флейте гуамцем. Говорит, что это было нечто. А когда я вернулся через несколько дней, то рассказал ей, что вот это пятнадцать минут в торнадо мне что-то напоминали, с чем-то ассоциировались. И только уже по дороге домой я вспомнил, что напомнило мне это все тему *Море* из *Шехерезады*. Та же беспредельная и неукротимая мощь. Как все же здорово Римский-Корсаков это передал!

Наши музыкальные вечера продолжались еще долго. Несколько вечеров были посвящены экзотике, типа записей китайских мелодий, но потом все вернулось к европейской классике. Странно, но это как бы оказалось общим знаменателем. Например, вальсы Штрауса слушались в течении нескольких вечеров. И по просьбе всех присутствующих.

И я подумал о том, что, наверное, есть нечто, что объединяет людей совершенно разных культур. Это нечто заложено в нашем геноме. Это чувство гармонии, которое находит понимание всегда и везде. Нашу страну принято называть плавильным котлом, в котором разные культуры смешиваются друг с другом и возникает некая, совершенно самобытная и новая.

Я не могу оценить этот процесс в масштабе всей страны. Но мне кажется, что музыкальные вечера у Кевина и Лорин были своего рода вот таким маленьким плавильным котлом. Скорее, котелком. Ведь мы ни разу не подрались. А значит идея работает!

1- войска Великобритании, набирающиеся из непальских добровольцев. Гуркхов отличает строжайшая дисциплина, смелость и верность присяге.

Период полураспада[1]

Друзья познаются, когда начинаешь ныть. Нормальные люди стараются избегать нытика. Выдержать это трудно. Настоящим друзьям деваться некуда. Это крест, который надо нести. Но каждый несёт этот крест по-разному.

Одни дают тебе выговориться. Что самое трудное. Ибо нытик, по определению, остановиться не может. Он повторяет одно и тоже, как шарманка. Причём, практически безо всяких изменений в тексте.

А текст, обычно, примитивный. Ну, что-то типа, *Ну почему она меня бросила? Я же не пью, не курю, не шляюсь. Зарплату отдаю, мусор выношу. Каждый месяц дарю ей цветы. Не смотрю по ТВ то, что ей не нравится. Она мне выбирает рубашки. Как скажет- то и одену. Никогда не тороплю ее в магазине. И не удираю из дома, когда ее подруги начинают обсуждать или НЛО или политику на Ближнем Востоке.*

Любой нормальный человек мгновенно ставит диагноз: *Поэтому и бросила!*

Женский вариант более эмоционально насыщенный: *Что этому идиоту не так? Дома чисто, обед готов, все постирано. Потянет на романтику? Так я как та одалиска, типа, дай мне десять минут на почистить зубы. И все, как ему хочется. Голова болит? Это вообще в расчёт не идёт. Даже с его мамой, которая этого монстра выродила, говорю, как с адекватной. А он придёт, в экран уткнётся или на Фейсбук залезет. И вся любовь. И все равно- все, что ни делаю, его раздражает.*

Ни один нормальный человек в этом случае диагноз ставить не будет.

Глупые друзья начинают давать советы. Умные друзья стараются поменять тему. Обычно, безуспешно. Ибо нытику не нужны советы. Ему надо излить все. А все- это без конца и края, так как оно на повторе. Был когда-то французский фильм Зануда. Там это хорошо показано.

Никогда не думал, что могу оказаться в числе нытиков. Оказался. Но не сразу. Сначала я пытался выправить ситуацию, которую за пять тысяч лет не удалось выправить никому. Эту ситуацию можно охарактеризовать одним простым вопросом, *А что же ей не так?*

 Любой нормальный человек мгновенно ставит диагноз: *Все*! И, естественно, нормальный человек никогда не будет тратить даже секунду на то, чтобы что-то исправить. Это не трактор- исправлять нечего.

 А вот нытик начинает активно углублять траншею. С упорством деревенского идиота он пытается остановить расширение Вселенной. Что, наверное, было бы проще. Все его последующие действия только превращают траншею в пропасть. Но лучше один раз все это выучить самому, чем слушать исповеди на эту тему.

Не видеть то, что понятно даже коту в подъезде- это
особый талант. Налицо главный признак размежева-
ния- избегание любого вида контакта. В том числе и
визуального. Но нет, как бульдозер на пляже, лезешь на рожон, стараешься попасть на глаза, ходишь
по пятам. И, что характерно, чем больше тебя игно-
рируют- тем больше лезешь в глаза. В прямом
смысле.

 От тебя уходят глухими переулками и огородами.
Мало. Не впечатляет. Как агент по продаже страхо-
вок, заявляешься к ней домой. Мама приветлива,
потому что уже знает, что ты-пробитый трамвайный
талончик. Так почему же не явить милость к бра-
тьям нашим меньшим? Ее дочь этой милости не
разделяет. Она даже и не пытается выглядеть при-
влекательно. Незачем. Ее тон сух, явно раздражён,
и слегка насмешлив. Насмешку выдержать сложно.

Ты начинаешь что-то мямлить. Ей уже некогда. Тогда, уже уходя и слыша неприкрытый вздох облегчения, подаёшь ей два листа машинописного текста.
Этот текст- стихотворение, которое ты написал физически прошлой ночью. Твоё первое. И по тема-
тике- твоё последнее.

 За час до перерыва ты попросил девчонку-секре-
таршу своего отдела отбить это на машинке. Когда
ты пришёл забрать его, то увидел, что у секретарши
заплаканные глаза. Ни в какой сентиментальности
она раньше замечена не была. Конечно, тебе льстит,
что она попросила разрешение перепечатать это для
себя. И теперь отдаёшь эти два листа вот той, которой уже три недели ничего этого не надо. И откуда
ты можешь знать, что спустя тридцать лет она тебе
скажет, что все годы его хранила и перечитывала.

Но у слепых развиваются другие методы ощуще-
ний. У нытика - никогда. Он не видит, не понимает,
не ощущает. Потому что, ну как это может быть,
что его вдруг не принимают? Ведь совсем недавно
все же было совсем иначе? Ну, надо же сделать что-
то такое, чего она не ждет. Не хочешь понимать, что
она ждет, чтобы ты отвалил. Вот прямо сейчас. И
очистил горизонт от своего присутствия.

Наконец, тебе удаётся выдавить из нее, что на сдаче
сейчас курсовой проект. Сдавать через четыре дня.
И ей, конечно, некогда трепать со мной воздух. У
тебя в голове происходит короткое замыкание и на
очень короткое время ты становишься тем, кем был
для нее три недели тому. Ты совершенно спокойно
говоришь,

-Давай мне твоё задание. Я сделаю.

-Ты? Ты же без понятия в этом! Это же не игрушки!
Все, отстань!

-Я сказал, давай мне задание. Получишь через пару
дней.

-Не морочь мне голову! Это не цветочки дарить!

Мне многое хочется сказать. Сдерживаю себя с трудом,

-Сказал, что через пару дней получишь курсовой.
На всякий случай- мне твои благодарности не
нужны. Компрене ву?

Это действует,

-Там же шесть полноформатных чертежей должно
быть! И пояснительная записка листов на

шестьдесят. Я подозревала, что ты не в себе, не знала, что настолько.

Я получаю задание на курсовой. От той части, что она уже сделала, я отказываюсь.

Дома я прошу отца, который главный инженер в большой организации, помочь мне. Он не спрашивает для кого. По мне все видно.

На следующий день я прихожу к нему на работу и он подводит меня к кульману, за которым работает молодая женщина,

-Светлана Дмитриевна, мой сын обратился ко мне вчера с такой просьбой. Посмотрите пожалуйста, можно ли ему в этом помочь.

Светлана Дмитриевна задала мне всего два вопроса. Первый, Это тебе надо для нее? И второй, На когда это надо?

Когда я сказал, она внимательно, как-то по особому глянула на меня, потом отвернувшись к чертёжной доске, негромко сказала,

- -Приходи через три дня, сразу после перерыва.

Через три дня сразу после перерыва я получил от Светланы Дмитриевны чертёжный тубус с шестью чертежами и отпечатанную на машинке (вообще немыслимо для института) пояснительную записку. И когда я уже уходил, она улыбнулась и сказала,

-Я ей завидую.

Когда я сказал своему отцу, как все прошло и как мне отблагодарить Светлану Дмитриевну, он мне сказал, что это уже все сделано.

Я вручил курсовой, услыхал в ответ, Спасибо. Потом восхищённый возглас по поводу сделанной работы. Но я ничего не ждал. Мне не хотелось ничего ждать, потому что мне стало себя очень жалко.

 И вскоре я стал надоедать своим друзьям занудным нытьём и причитаниями. У друзей в глазах начал появляться нездоровый блеск. Мы ходили вечерами и я ныл, сводя даже разговоры о футболе к риторическому вопросу, *Ну как же она могла так…?*

Когда этот скулёж надоел уже всем, один из моих друзей предложил мне пойти и жениться,

-Хватит причитать как на похоронах. Пойди и женись!

Я, с надеждой в глазах и голосе,

-Жениться? На ней?

-Ты превратился в клинического идиота. Сказал уже- иди и женись. Ненадолго придёшь в себя.

Следует естественный вопрос,

-А на ком?

Идёт прекрасный ответ из репертуара О. Бендера,

-Обратись во Всемирную лигу сексуальных реформ. Там помогут.

Я пошёл и женился. Не на ней. Незадолго до этого я, находясь в том же невостребованном состоянии, забабахал ее портрет углём на двадцати трех листах ватмана, склеенных вместе. Ее реакция,

-Тебе точно делать нечего! Пойди, постой под холодным душем полдня. Ты точно уже приехал.

Когда же моя жена увидела это монстровое произведение, то сразу сказала,

-Или снимешь это уродство или будешь висеть рядом.

Я подумал и понял, что два Христа для одного человечества- это много. И я не хочу быть распятым, а дело к тому шло, рядом с двадцатью тремя склеенными листами ватмана. Я отнёс шедевр в подвал. Спустя короткое время я обнаружил, что шедевр аккуратно располосован на ленты шириной в ладонь младенца. На мой вопрос, а что же произошло, моя жена ответила односложно,

- Моль.

И вроде наступила полоса забвения. Однажды я решил проверить себя и позвонил ей на работу, пригласив на пару коктейлей. Я объяснил свой звонок тем, что мы с женой уезжаем жить в Нарьян-Мар, к родителям жены. Наглая ложь. Так как она не знала, что я женился, то согласилась встретиться.

Мы посидели в баре, насладившись популярным коктейлем *Огненный шар* и все прошло хорошо. Из стратегических соображений я пару раз назвал ее другим именем, что произвело положительное впечатление. Естественно, она захотела посмотреть фото моей жены. Я был к этому готов. Вытащил из кармана несколько фото и начал их перебирать, бормоча что-то типа, не то, не то, опять не то, ну, куда она делась? А фотографии были Моники Витти, Полы Раксы, Барбары Брыльской, Джоанны Шимкус, и Клаудии Кардинале. Сказал, что забыл дома, на самоваре. Посмеялись, я ее проводил до автобусной остановки и без особых эмоций вернулся домой.

Все, излечился!

Но спустя тридцать лет однажды совершенно без повода позвонил в никуда и через восемь минут разговора понял, что процесс полураспада не закончился. И, похоже, не закончится…

1-Периодом полураспада называется время, за которое радиоактивное вещество естественным образом теряет половину своей радиоактивности.